AR: 4.7
Pts: 8.0
Quiz#: 21929 SP

Primera edición: julio 1981
Trigésima edición: mayo 2002

Dirección editorial: María Jesús Gil Iglesias
Colección dirigida por Marinella Terzi
Traducción del francés: Manuel Barbadillo
Ilustraciones: J. M. Barthélemy
Cubierta: Jesús Gabán

Título original: *Un métier de fantôme*
© Fernad Nathan, París, 1979
© Ediciones SM, 1981
   Joaquín Turina, 39 - 28044 Madrid

Comercializa: CESMA, SA - Aguacate, 43 - 28044 Madrid

ISBN: 84-348-0901-X
Depósito legal: M-16407-2002
Preimpresión: Grafilia, SL
Impreso en España / *Printed in Spain*
Imprenta SM - Joaquín Turina, 39 - 28044 Madrid

De profesión, fantasma

H.Monteilhet

Traducción de Manuel Barbadillo

ediciones **sm** Joaquín Turina 39 28044 Madrid

A Florence, Béatrice, Isabelle, Pierre, Emmanuel,
y a Jean que corretea por la casa como un angelito

LOS PERSONAJES

John: muchacho de doce años, «nacido para vivir a lo grande».

Lord Cecil Swordfish: el Señor del castillo.

El señorito Winston: su hijo de catorce años.

Alice y *Agatha:* sus hermanas gemelas.

Lady Pamela: su tía abuela, de 85 años.

James: el mayordomo.

La señora Biggot: la cocinera.

El profesor Fíleas Dushsnock: el preceptor de Winston, miembro del *Club de Espiritismo* de Edimburgo.

El señor Truebody: fabricante de botones para pantalones, en la ciudad de Birmingham.

Julius Gripsoul junior: multimillonario americano.

EL ESCENARIO

Escocia.
Malvenor Castle, un castillo histórico, hacia el 1900.

1 Mi nacimiento y mi fuga

EN AQUELLOS TIEMPOS, mis queridos niños, nuestra Escocia era aún más verde que hoy; sus ríos, sus arroyos, sus lagos eran más puros bajo un cielo más sereno; la gente era más ahorrativa; los *kilts* [1] y los *tartán* [2] más baratos y de mejor calidad.

Eran los años felices del buen rey Eduardo, el séptimo de ese nombre, los tiempos de mi tierna infancia.

Entonces le era más fácil a un muchacho trabajador y respetuoso de sus padres labrarse un buen porvenir.

Sin embargo, también hubo sus dificultades...

Tal vez ya sabéis que mi madre murió cuando yo nací, de eso hará ochenta años este otoño (¡cómo pasa el tiempo!). Yo sólo la conocí de oídas, por lo que de ella pudieron contarme mi padre o los mayores de mis doce hermanos.

Mi madre nos había dejado como herencia muchos refranes, que reflejaban la sabiduría de su carácter. Sobre todo uno, el más importante, el más preciado

---

[1] *Kilt:* falda escocesa. *(N.T.)*
[2] *Tartán:* tela escocesa. *(N.T.)*

de todos, ya que fue el mismísimo Nuestro Señor Jesucristo quien se dignó transmitírnoslo: «Bástale a cada día su afán».

En efecto, mi madre se ocupaba de los detalles de la vida diaria, pero sin angustiarse nunca por nada. Era una mujer admirable, y a veces se me hace muy larga la espera para volverla a ver. ¡Cómo me gustaría conocer las inflexiones de aquella voz querida, que se calló para mí a edad tan temprana!

Esa prematura desaparición fue la primera y la mayor de mis desgracias. A juzgar por lo que todo el mundo decía, ya nada volvió a ser como antes. Mi nodriza no se ocupaba de mí, mis hermanas se despreocupaban de la casa y se hicieron de lo más coquetas. Las malas hierbas invadieron nuestro jardincillo. El carácter del perro, al que olvidaban dar de comer, se agrió. En cambio, el de mi padre se hizo cada vez más cariñoso... Demasiado cariñoso.

Creo que ya os he dicho que mi padre trabajaba como obrero en una gran destilería, a orillas del Spey, en el condado de Moray, donde se cría como en ningún otro sitio, el más suave whisky de Escocia: el *Royal Highlander*. El trabajo de papá consistía en rodar los toneles de roble en donde el whisky envejece lentamente, en transportar, cuando hacía falta, las cajas de maltas selectas, en barrer cuando había visitas... ¡Mi querido padre estaba dotado para todo! ¡Sabía hacer de todo...!

Pero... ¡ay!... la tristeza es a veces mala consejera. De tanto llorar a mi madre, mi padre empezó a beber. Cuanto más lloraba, más bebía para alimentar sus lágrimas. Por la mañana, antes de salir para el trabajo, al amanecer el día velado de bruma, era todavía un hombre digno y severo, que hablaba claro y fuerte y que distribuía los pesconazos con equidad. Pero a la tarde, ante las brasas medio apagadas de la chimenea, nos ponía a turno sobre sus rodillas, y repartía besos sin ton ni son derramando abundantes lágrimas en su negra barba, mientras que todo él emanaba un fuerte olor a whisky.

El día en que yo cumplí mis ocho años, mi padre, cuya barba era ya del todo gris, perdió su empleo. Pasamos instantáneamente de la pobreza a la miseria. El pan llegó a faltar. Y mi padre, privado brutalmente del whisky, murió sumido en la amargura. ¡Que Dios tenga en su santa gloria a su inocente alma, completamente envuelta en los perfumes del *Royal Highlander!*

Lléneme otra vez la copa... esto es demasiado triste.

Mi padre me dejó en herencia una máxima —que era al mismo tiempo un consejo— tan sabia que me hace pensar que se había desarrollado en él el don de ver doble.

Le gustaba tomar mis manitas entre sus manos callosas y repetirme sonriendo: «Tú haces el número trece, mi pequeño John. Unos te dirán que eso trae mala suerte; otros, que eso trae buena suerte. Fíate más bien de estos últimos. Un verdadero escocés sólo es supersticioso cuando de ello puede sacar provecho.»

Con un refrán y una máxima tuve mejor herencia que la mayor parte de la gente.

CON AIRE de indiferencia el empleado de los tribunales vino para llevarse nuestros últimos muebles, y la familia se dispersó.

Con el corazón oprimido dejaba yo nuestra casita, cercana a las orillas verdes del río Spey; la pequeña habitación en la que había dormido muchos años con dos de mis hermanos; la cocina en donde la foto de bodas de mis padres había presidido durante tanto tiempo nuestras comidas. A pesar de mi corta edad, yo adivinaba que más vale ser pobre en casa propia que en la ajena.

El señor pastor [3] tuvo la bondad de buscarme trabajo en casa de un herrero del lugar, maese Greenwood, que andaba buscando un aprendiz y tenía gran reputación de hombre caritativo. Y maese Greenwood tuvo la bondad de hacer que me admitiesen gratuitamente en la escuela más cercana, la del señor Bounty, que gozaba de una reputación de caridad casi igual, y al que le daba lo mismo tener un alumno más.

Maese Greenwood me dio como cama unos viejos sacos de patatas, en un rincón de su herrería. En las noches de invierno el fuego se apagaba demasiado pronto; y demasiado tarde en las de verano. Mi comida diaria eran los palos, aunque tenía derecho a tres chelines en Navidad, dos tercios de los cuales metía maese Greenwood en la Caja de Ahorros de Elgin para el día en que alcanzase la mayoría de edad.

Cuando no tenía que darle al fuelle de la herrería, corría a la escuela del señor Bounty, que me pegaba en los dedos o en las pantorrillas con su larga regla, dura como la injusticia, negra como el pecado. Pero yo tenía derecho a un librito de cuentos de cuatro peniques la víspera de las vacaciones, porque yo era siempre el primero de mi clase.

Estas magníficas aptitudes, que provocaban la envidia de mis compañeros y el despecho de sus padres, agravaban mi suplicio. Ignoraba yo entonces que, para sobresalir, es mejor aguardar a vivir con desahogo. Huérfano y pobre, recogido y educado por caridad, yo era en todas partes —en pocas palabras— la víctima de todos. No había en toda Escocia niño más abandonado ni más desgraciado que yo. O al menos eso creía yo, falto de imaginación.

---

[3] Pastor protestante.

Después de cuatro años bajo ese régimen lamentable, estaba yo más flaco que un pajarito y era tan vivo como un hurón; sabía leer, escribir y herrar un caballo; sabía de memoria pasajes enteros de Shakespeare y de la Sagrada Escritura... Pero me había hundido paulatinamente en la más negra desesperación. Las desesperaciones de los niños son espantosas. Los niños no ven la cantidad de vidas que llevan dentro de sí, todo lo que una larga existencia puede procurarles de nuevo y de sorprendente. El tiempo corre para ellos más lentamente que para los mayores, por lo que su pena vale por dos.

Una tarde de invierno en que helaba hasta congelársele a uno los pensamientos, llamó a la puerta una vieja sin dientes, y se ofreció a echarnos la buenaventura a cambio de un tazón de sopa. Después de haber augurado a maese Greenwood, y a continuación a la señora Greenwood y luego a los tres tunantes de sus hijos, algunas mediocres prosperidades que no valían mucho más que la sopa, la adivina miró fijamente la palma de mi mano derecha con sus ojos húmedos que el calor de la chimenea hacía gotear, y me dijo:

—Tú, hijo mío, tú estás hecho para vivir a lo grande. ¡Dios mío, cuántos y qué grandes castillos en esta pequeña mano!

La familia Greenwood se rió a carcajadas. Maese Greenwood dijo en plan de guasa que ante mí se abría la brillante carrera de lacayo en el castillo de Blair-Atholl o en el de Inveraray. ¿O acaso en la mansión de Víctor Alexander Bruce, nuestro noveno conde de Elgin? ¿O tal vez, incluso, en Balmoral, en el palacio real? Las risas redoblaron.

—No —precisó la adivina, cuyos ojos recorrían mi mano—. Ni criado, ni huésped, ni señor.

—¿Pues entonces qué más queda? —preguntó la señora Greenwood con su voz chillona—. ¿Hará, tal vez, John de galgo, o de loro, o de pavo real o de burro en esos famosos castillos?

—Ni hombre, ni ángel, ni animal. No tengo derecho a decir más, y me callo.

Durante meses anduve dándole vueltas en mi cabeza a aquella extraña predicción, y ello me daba ánimos tanto en la herrería como en la escuela, a pesar de todas las bromas pesadas que me gastaban, como puede suponerse.

El uno de mayo de 1906, una colosal patada de un caballo resabiado me partió la pierna derecha por dos sitios. Puesto que había sido un caballo el que me había herido, maese Greenwood llamó al veterinario, cuyos servicios eran más baratos que los del médico. Los huesos se soldaron, aunque un poquillo torcidos, y yo me quedé ligeramente cojo.

Este lamentable accidente fue la gota de agua que desbordó el vaso de mis cuitas. Aunque me fuese a costar mucho, aunque con ello me expusiese a mil peligros, pensé en escaparme. Esa idea me sostenía, y me sonreía el oficio de pastor en las montañas del condado vecino de Inverness. ¿Quién iba a ir a buscarme allí? Y los carneros... ¿no serían mejor compañía que los hombres?

Mi pierna dejó pronto de dolerme. Resplandecía el verano. Pero yo dudaba todavía.

El cuatro de agosto, de un certero golpe de azada, Greenwood mató a mi único amigo, un gato sin nombre, tuerto y cariñoso, bajo pretexto de que era negro y traía mala suerte. Ya no lo dudé más.

En la noche del sábado 4 al domingo 5 de agosto, me escapé hacia las montañas, no sin haber dejado antes estas líneas encima de la mesa del salón, de forma que toda la familia las saborease antes de ir al templo a escuchar al pastor:

Querido señor Greenwood:

Usted me ha alimentado y alojado mal, por caridad. Yo he tenido para con usted la caridad de trabajar bien y gratis. Usted me tiene aún que dar las gracias, y yo le saludo gustoso. Me voy para vivir a lo grande.

JOHN

La última frase la había puesto sólo para exasperar el previsible furor de maese Greenwood. No estaba yo tan loco como para creérmela.

Llevaba por todo equipaje un poco de ropa remendada dentro de un pañuelo anudado por las cuatro puntas; y como única fortuna, en el fondo de mis bolsillos, una navaja, una caja de cerillas, y unas pocas monedas, fruto de algunas propinillas, que yo había ahorrado. Mi equipaje igualaba a mi fortuna. Yo tenía doce años y trece días.

Consideré más prudente no subir hacia Inverness siguiendo el curso del Spey, por ser una zona poblada en la que corría el peligro de toparme con alguna ronda de la policía. En consecuencia tiré por las aldeas dormidas de las alturas, saludado cada vez más de cerca por los ladridos de los perros pastores, que no tenían nada de tranquilizador. A medida que subía por aquellos escabrosos caminos, la heroica exaltación del principio cedía el puesto a la fatiga e incluso al pánico: la noche era justo lo bastante clara como para que las ramas de los árboles y el follaje de la espesura pareciesen otras tantas confusas amenazas... En el límite de Inverness, poco antes de amanecer, un repentino vuelo de murciélagos, que a mí me parecieron vampiros, me derribó todo tembloroso en un montón de paja de centeno, donde me venció el sueño.

El calor del mediodía me sacó de mi montón de paja, y contemplé unas praderas que se extendían hasta perderse de vista, salpicadas aquí y allá por algunas vacas o carneros. Pero sobre todo descubrí que me moría de hambre y de sed.

Vagué toda una semana por montes y por valles a través de Highlands, bebiendo en los arroyos, mendigando pan o un trozo de queso en las granjas, durmiendo al aire libre o en graneros que encontraba por casualidad, ofreciendo en vano mis servicios: yo era demasiado pequeño y no podía ofrecer informes.

La esperanza de escapar de una vez por todas del infierno de maese Greenwood me impulsaba cada vez más lejos. Pero aunque lograse librarme de la policía, de las palizas, de la herrería y de los regletazos... ¿qué iba a ser después de mí? ¿No habría renunciado a la seguridad del esclavo por la libertad del perro perdido?

El domingo 12 de agosto, totalmente exhausto y desalentado, me sorprendió una tormenta, un verdadero diluvio, en una región llana de bosques y cultivos, donde los habitantes parecían vivir mejor que en las montañas de los alrededores.

Mientras bordeaba yo un lago bastante grande, divisé a una niña con un paraguas que cuidaba un pequeño rebaño de cabras, y le pregunté si estaba cerca la ciudad.

—A unos 15 kilómetros —me respondió—. Pero si lo prefieres, ahí cerca tienes el castillo de Malvenor para refugiarte. ¿Ves esa torre entre los árboles y ese gran pórtico, allá, a tu derecha?

Me apresuré. El castillo estaba construido en una península que entraba en el lago y que se unía a la orilla por una estrecha lengua de tierra, cerrada por un muro que fácilmente tendría cuatro veces mi altura. A primera vista, aquello no tenía aspecto más acogedor que una cárcel.

Pero el muro tenía una gran portada, abierta hacia una majestuosa avenida que conducía directamente hasta el castillo. A ambos lados de la avenida, unos árboles centenarios entrecruzaban sus ramas como si quisiesen darse las manos. Hacía poco que había podido admirar yo unas bóvedas de vegetación como aquéllas en las avenidas de los castillos de leyendas que ilustraban los cuentos de cuatro peniques del maestro Bounty.

Estuve tentado de protegerme bajo aquellos árboles, pero el portero, dentro de su caseta, tenía los ojos clavados en mí. Ya iba a seguir de largo, cuando aquel hombre, a pesar de mi aspecto, me gritó con voz como invitándome:

—¡Dése prisa, señorito! Falta poco para las seis: la última visita va a empezar...

¡Ni que me estuvieran esperando! De todas formas, dentro no se estaría peor que fuera...

Caminé pues hacia Malvenor Castle, cuya masa gris entreveía bajo la lluvia al final del túnel de vegetación. El castillo se acercaba poco a poco y finalmente distinguí, al extremo de la avenida, detrás del gran césped que lo separaba del parque y de su umbría, un único cuerpo de construcción rectilíneo, enmarcado por cuatro torres, una a cada ángulo, que parecían más antiguas. Tres de aquellas torres, invadidas por la hiedra, amenazaban ruina. Pero a mi derecha, la cuarta torre, cuya base no llegaba yo a ver, había conservado intacto su tejado y dominaba desde su altura el conjunto del edificio.

Un ancho foso, cuya agua, sin duda, sería una derivación del lago, corría alrededor del edificio. Sin embargo, en mitad de la fachada, el puente levadizo de la Edad Media había sido remplazado por un puente de piedra.

Y no puedo deciros más, mis queridos niños, acerca del aspecto de Malvenor Castle: por un raro capricho del destino, nunca más tendría yo ocasión de contemplar el castillo desde el exterior. Ahí lo estaba viendo, bajo la tormenta, por primera y última vez.

Al llegar al puente de piedra, dudé si continuar o no, a pesar de que el gran portón claveteado, de dos hojas, entreabierto, parecía invitarme. Al fondo, a mi izquierda, delante del edificio de las cuadras, aguardaba una docena de estupendos coches de caballos, con troncos más o menos lujosos. Bajo el tejadillo de las cuadras, en donde los cocheros habían buscado refugio, estaban, alineadas en filas, un gran número de bicicletas: el castillo parecía accesible a gente de toda condición.

Empujado por una ráfaga de lluvia, me colé por la puerta entreabierta.

2 Una visita extraordinaria

HABIA ENTRADO en una enorme sala abovedada en la que aguardaban dos grupos bien distintos de personas: a un lado, una decena de *gentlemen,* sus esposas y algunos niños, que habían venido en coches y tenían los zapatos limpios; al otro lado, gente del pueblo, llegados en bicicletas o a pie, con los zapatos más o menos llenos de barro.

Me dirigía yo discretamente hacia estos últimos, cuando una voz glacial me rogó que volviese a la entrada y me quitase allí el barro de los zapatos.

Alcé maquinalmente la cabeza: ante mí tenía a un mayordomo con patillas, alto, fuerte y gordo, que parecía, dentro de su uniforme negro con pechera blanca, una monstruosa golondrina. La golondrina aquella me miraba de arriba abajo, sobrevolándome con un aspecto de lo más odioso: hatillo de vagabundo, cabellos llenos de paja, traje hecho jirones, chorreando agua sobre las baldosas de mármol, en las que mis zapatos rotos dejaban innumerables huellas.

Corrido de vergüenza, me apresuré a limpiarme los pies. Me dirigía de nuevo, con la cabeza gacha, hacia el grupo más modesto, donde lo único que yo quería era diluirme cuanto antes, cuando se interpuso el mayordomo; me plantó autoritariamente una entrada en la mano y me reclamó dos chelines y seis peniques, el precio de la visita.

Me extrañé ingenuamente:

—¿Hay que pagar la visita?

Una risa casi general me respondió, mientras el rostro del mayordomo permanecía inmutable, más quieto que la grasa cuando está fría.

La importancia de aquella cantidad me había producido un choque, pero ya era tarde para echarme atrás. Rebuscaba en mis bolsillos a la caza de mis monedas... ¡Horror! Por más que contaba y volvía a contar, me faltaban dos peniques. ¡Con qué gusto me hubiese echado a llorar!

Después de un silencio de lo más penoso, el mayordomo exhaló un profundo suspiro y me volvió la espalda. Yo fui a ocultarme entre los más pobres.

Por fin, mi perseguidor sacó su reloj y empezó la visita bajo su guía y con sus comentarios:

—*Ladies* y *gentlemen,* nos encontramos aquí en la sala de guardia de Malvenor Castle, construida en el siglo XIII, incendiada en el XIV, casi completamente destruida a finales del XV durante la Guerra de las Dos Rosas, reconstruida en los primeros años del XVI.

»Pueden ustedes admirar los restos de la bóveda gótica tallada en piedra; el artesonado de estilo Tudor, de roble de Cornualles; unos tapices flamencos, cuyos originales se encuentran en Bruselas; una armadura de torneo, damasquinada, ofrecida por Francisco I, rey de Francia, a Enrique VIII de Inglaterra; es copia auténtica de la auténtica joya de la Armería de Madrid.

»A la derecha de la monumental chimenea en piedra tallada, obra de un maestro desconocido, ven ustedes un cuadro atribuido a la escuela de Rubens, que se cree representa a Venus saliendo de las olas. Noten la bella disposición de la cabellera, la finura del abanico, y el modelado transparente del ombligo en forma de caracola marina. Debajo de esta obra maestra, el sillón delicadamente esculpido en el que María Estuardo recibió —según se dice— el homenaje de Benjamín Swordfish, cuarto marqués de Malvenor, en 1567.

»Encima de la chimenea pueden ver ustedes, en bajorrelieve, la altiva divisa secular de los Swordfish, francesa en cuanto al idioma, pero escocesa en cuanto a su espíritu:

A SOU VAILLANT
COEUR VAILLANT [1]

»Y en el frente de la misma chimenea, la moderna y liberal divisa latina de Cecil Swordfish, actual poseedor del título, Par del reino y miembro de la Cámara de los Lores, a quien se debe el haber abierto Malvenor Castle al público:

.POPULO, POPULO, POPULO

Lo cual puede traducirse por

AL PUEBLO, POR EL PUEBLO, PARA EL PUEBLO

»La escalera de doble espiral conduce a las habitaciones privadas...»

El cierone largaba su discurso con un aire superior y un evidente aburrimiento. Por su acento brioso y distinguido se notaba que ya lo había repetido centenares de veces. Pronto dejé de prestarle atención: reventado de cansancio, literalmente embutido entre dos gruesas y respetables damas, yo estaba dormido de pie, entre las nubes de vapor que se escapaban de los gabanes y los abrigos, sensible al calorcillo ambiente, acunado por unas palabras raras y desconocidas.

---

[1] Podría traducirse por algo así como: «A centimito contante y sonante, corazón valiente.» *(N.T.)*

Una sacudida general me sacó de mi letargo: pasábamos al ala izquierda del edificio. Recuerdo que había una fila de salones y una inmensa biblioteca, en la que nuestro guía nos rogó admirásemos una Biblia de 1503, de la que nos garantizó, en su lenguaje misterioso, que era «casi un incunable».

Sólo mucho más tarde aprendería yo que se llaman «incunables» los libros impresos antes del año 1500, cuyo valor iguala a su rareza.

Después regresamos otra vez al ala derecha, para apreciar particularmente una gran sala de billar, cuadrada, y un comedor, largo, que debía de remontarse por lo menos a los tiempos de Isabel I.

En la sala de billar había, en una arquita de caoba, un taco de billar de madera de ébano, con el que, si había que dar crédito al guía, «Su Majestad el Rey Jorge III había vencido por seis puntos de diferencia a Clarence Swordfish, undécimo marqués de Malvenor, el 4 de julio del año de gracia de 1776, antes de verse afligido por una incurable neurastenia.» [2]

La fecha de la declaración de la independencia de los Estados Unidos me era totalmente ajena y yo ignoraba todavía el sorprendente papel que un ciudadano americano iba a desempeñar pronto en mi vida.

Recuerdo todavía que, en el comedor, el mayordomo nos presentó una vitrina en estos términos:

—La vajilla de plata que antes adornaba estas repisas, dado su inestimable valor, ha sido guardada en un lugar seguro y remplazada por cerámica de Delft. Sin embargo, y en consideración a ustedes, se ha dejado sobre esta almohadilla azul una jarrita de leche de plata dorada, que lleva la firma de Bellanger, orfebre del rey Luis XV, y que está fechada en 1749.

---

[2] Alusión al 4 de julio de 1776, día en que las colonias inglesas de Norteamérica, en el Congreso de Filadelfia, se declararon independientes. (N.T.)

18

¡Sólo esta pieza está valorada en más de mil guineas!

Yo nunca había visto semejantes maravillas, y ni siquiera me imaginaba que pudiesen existir. ¡Beber en una jarrita de leche de mil guineas! Es decir —calculando a veintiún chelines por guinea— ¡mil ciento cincuenta libras esterlinas! Sin embargo, y dado que mi gran ignorancia me impedía cualquier tipo de comparación, me quedé más atontado que impresionado. Igual que un antropófago delante de un tenedor. Por otra parte, me perseguía el sueño.

Pero la visita aún no había terminado...

Con gran extrañeza por mi parte, nuestra respetuosa procesión, conducida siempre por el infatigable mayordomo, en vez de dirigirse hacia la salida, pasó desde el comedor a una magnífica cocina, desierta y silenciosa como el castillo de la Bella Durmiente del Bosque.

¡Vaya cocina, dentro de la cual habría cabido amplísimamente la casita de mis padres! Todavía estoy viendo sus baterías de relucientes ollas, los asadores de sus chimeneas, la artesa con ruedas para hacer el pan, sus cobres bruñidos como el sol al atardecer, su fresquera... ¡Ay, qué fresquera! Fuentes de fiambres, de patés y de dulces llenaban las estanterías. A la vista de aquello, me desperté del todo.

Pero, apenas había yo podido echarle una mirada, y ya la masa de gente me llevaba en pos del impasible mayordomo, hacia una puerta ojival precedida de unos escalones. Tomando posición en el primer escalón, nuestro guía declaró:

«El oscuro corredor que ven ustedes detrás de mí es el único acceso del castillo a la más venerable de las torres, acabada en 1254 según plano hecho por los Templarios, y con dinero recaudado para la Cruzada. Ese abuso fue la causa de una maldición que ha ocasionado la trágica muerte de todos los sucesivos moradores de esa torre.

»Ya en 1321, el capitán de la guardia, Mallory, fue hallado en la bodega, ahogado dentro de una cuba de vino de Burdeos.

»En 1416, en la habitación de la planta baja, se ahorcó, desesperado, un prisionero francés, el barón de Chantemerle, capturado en Azincourt en octubre del año anterior: habían descuidado alimentarlo porque no podía pagar su rescate.

»En 1492, en la habitación del primer piso, murió envenenado por una mano misteriosa una persona cuyo nombre y cuyo sexo continúa siendo un enigma para los historiadores.

»Esas tres habitaciones, actualmente en restauración, están momentáneamente cerradas al público. En cambio, vamos a visitar la sala más célebre, la del segundo piso. Después de seis pasos por un corredor, accederemos al descansillo de una escalera resbaladiza y mal iluminada por algunas troneras. ¡Por favor, cojan a los niños de la mano...!»

Penetramos en la torre en fila india, y por una escalera de caracol por la que dos personas mayores hubiesen tenido dificultad de caminar una junto a otra, subimos con dificultad un piso, luego otro, para llegar finalmente a una sala casi redonda, sobriamente amueblada. Había allí una cama con baldaquino, una pequeña mesa negra de madera y un cuadro en un caballete.

Cuando todo el mundo estuvo bien apretujado, el mayordomo volvió a tomar la palabra con una seriedad muy particular:

«En el caballete, están viendo ustedes el retrato de cuerpo entero de Arthur Swordfish, quinto marqués de Malvenor, junto a su poney favorito, obra atribuida a uno de los precursores del elegante y genial Van Dyck.»

Su voz bajó un tono:

«Aquí mismo fue donde el infortunado joven cayó

asesinado a golpes de espada, el 19 de agosto de 1588, mientras se hallaba jugando al boliche con un emisario muy secreto del rey de Francia Enrique III. A los pies del lecho, en el mismo sitio donde Arthur cayó para no levantarse nunca más, se marcó con tiza roja la silueta del cuerpo. Encima de la mesa, dentro de su estuche de terciopelo color amaranto, se halla el boliche siniestro, aún manchado con la sangre de la víctima... ¡Por favor, no lo toquen: esa pieza es casi de época...!»

Apartando mi vista de aquella espantosa reliquia, miré al retrato de Arthur con tanta simpatía que el recuerdo de la fresquera se me esfumó por un instante. ¡Otro chico que no había tenido suerte! ¡Morir tan joven, con un juguete en la mano! Aunque el lienzo era oscuro y el día iba ya de caída, me pareció indiscutiblemente que Arthur se parecía a mí: los mismos rasgos finos y delicados, modelados por una adversidad precoz.

Al tiempo que redoblaba la tormenta y los relámpagos surcaban la fúnebre habitación, la voz del mayordomo se tornó sepulcral al añadir:

«Después de esta cuarta muerte, tan súbita como trágica, ya nadie se ha atrevido a dormir en esta torre. Y desde entonces —¡es un hecho atestiguado por las mejores guías de Escocia e incluso por la *Guide Bleu* francesa!— el fantasma insatisfecho de Arthur se pasea por Malvenor Castle. Diré incluso más: cada 19 de agosto, a poco que el tiempo esté tormentoso, sucede que el boliche se tiñe de sangre fresca...»

El auditorio entero se estremeció, aunque todavía faltaba para el 19 de agosto. Pero la fecha se acercaba peligrosamente. Una señorita lanzó un grito que quedó ahogado en su pañuelo, y un niño empezó a llorar. A mí no me llegaba la camisa al cuello...

Volvimos a bajar, sumidos en lúgubres reflexiones.

En la planta baja de la torre, nuestro guía abrió una puerta maciza y chirriante, que daba, tras una estrecha pasarela de piedra, sobre unos jardines y sobre el lago, envueltos ya en la penumbra.

«Cuenta una vieja tradición —nos dijo el guía— que el asesino, que se había ocultado en el desván, bajó de allí a las doce menos cuarto de la noche para asesinar a Arthur ante los ojos aterrorizados de sus compañeros de juego. Tanta prisa tenía por derramar su sangre, que no tuvo paciencia para esperar a las doce en punto de la noche, como es práctica usual en los castillos de una cierta reputación.

»Y también cuenta la tradición que el miserable huyó por este postigo, arrojando, al pasar, su espada de Toledo al agua del foso, como para lavar su crimen. Ahí yace aún el arma, entre las carpas centenarias... ¡No se asomen, por favor, el foso es muy profundo!

»Dado el mal tiempo que hace, los conduciré de nuevo a la puerta principal, más próxima a las caballerizas y a sus carruajes.»

Volví a experimentar el dolor de desfilar de nuevo por delante de la rebosante fresquera. Andando, la atmósfera se hacía menos tensa y el mayordomo era asediado a preguntas relativas al fantasma de Arthur. Pero sus respuestas eran muy reticentes, y adoptaba el aire de uno que sabe, pero que no quiere decir todo lo que sabe. Acaso se tratasen de espantosos secretos de familia que él no se creía con derecho a revelar.

En fin, aquel digno doméstico se plantó solemnemente junto a la gran puerta de la sala de guardias, y yo pude observar, con enorme vergüenza, que cada visitante le depositaba, al salir, una moneda en la mano.

Fuera, la lluvia no cesaba y se echaba encima la noche...

3 Prisionero con un fantasma, o acaso con varios

Fue entonces cuando aquella tentación punzante se me clavó en el espíritu... El tiempo era tan pésimo, la hora tan avanzada, tenía yo tanta hambre y estaba tan rendido que... ¿por qué no volver furtivamente sobre mis pasos, hasta la cocina y la torre contigua? Allí había una fresquera repleta y un desván bien resguardado. ¿Qué más necesitaba yo? Al día siguiente me sería facilísimo salir del castillo sin que nadie se diese cuenta, aprovechando cualquier grupo de visitantes.

Claro que no me agradaba demasiado la perspectiva de dormir encima de la habitación de Arthur, en una torre maldita desde la fecha de su construcción. Incluso, la idea era hasta para hacerle temblar a uno... Pero, por otro lado, allí estaba la fresquera para inclinar la balanza. El fantasma era un riesgo difícilmente apreciable; la fresquera, una apetitosa realidad.

Mientras el mayordomo seguía recibiendo las propinas con aires de ministro cuando otorga un favor, mi marcha aminoraba poco a poco y pronto me encontré en la retaguardia del pelotón. Me detuve y me quedé el último. Retrocedí finalmente, me metí,

23

caminando hacia atrás, por un pasillo y, con un inmenso alivio, perdí de vista al terrible mayordomo.

Me volví entonces y, de una sola carrerilla, corrí hacia mi fresquera, sin dirigir una sola mirada al taco de billar de madera de ébano del rey Jorge, ni a la jarrita de leche, de plata dorada, del rey Luis XV.

Allí estaba la fresquera en todo su esplendor y, haciéndoseme la boca agua de placer, me alegré la vista un momento, no sabiendo por dónde comenzar...

De repente un escrúpulo me paralizó. Hasta entonces, nunca había cogido yo nada que no me perteneciese. ¿Sería lícito tal banquete? Aunque si me limitaba a tomar un poquitín de cada cosa... ¿quién se daría cuenta? Un pellizquito de pata de cordero fría, un sorbito de salsa de hierbabuena, un bocadito de falda de oveja rellena y con gelatina, un trocín de salchichón de pueblo, un bocado de paté de tordo, una brizna de salmón o de trucha ahumada, una rebanadita de queso, una pizca de pudin...

Iba sin duda a sucumbir frente a tantos atractivos y a entrar antes de lo previsto en el pecado, cuando me sobresalté al oír muy nítida la voz del mayordomo:

—La última visita ha terminado, Excelencia. Las ratas han abandonado el navío.

El mayordomo, situado probablemente al pie de la escalera de la sala de guardias, debía de hablar a su señor, que estaría lejos, aguardando en los pisos del edificio central, y que tendría prisa por recobrar el uso de la planta baja, que las visitas le habían robado durante varias horas.

Y pude sorprender este curioso diálogo entre la voz, repentinamente respetuosa, del mayordomo y la voz dura y fuerte de lord Cecil, último poseedor del título:

—¿Todas las ratas, mi buen James?

—Todas, Excelencia.

—¿La jarrita de la leche sigue en su sitio?

—Sí, Excelencia. Tengo buen ojo.

—¿Qué entrada hemos hecho hoy?

—14 guineas, 8 chelines y 4 peniques, Excelencia.

—A ver, un momento... 121 ratas a 2 chelines y 6 peniques por cabeza hacen 14 guineas, 8 chelines y 6 peniques. ¡6 y no 4! Nos faltan 2 peniques, James.

—¡Bien que lo sé, Excelencia! No he tenido más remedio que dar crédito a fondo perdido.

—¡Oh, qué tiempos más tristes! Y los ingresos siguen en baja...

—Son unos tiempos como para desalentar a cualquiera, Excelencia.

—Así es, y que el Cielo nos eche una mano. Esperemos que el domingo que viene todo vaya mejor. Ya puede preparar la mesa para nuestra cena fría.

Yo estaba admirado de la capacidad de lord Cecil para el cálculo mental, y habría podido hacerme otras muchas reflexiones, que se las harán ustedes, sin duda, con la cabeza sosegada. Pero en la arriesgada situación en que yo me encontraba, una idea de lo más inquietante retuvo sobre todo mi atención: las visitas al castillo tenían lugar... ¡sólo los domingos, y no todos los días como yo había supuesto un poco a la ligera! Estaba expuesto a permanecer prisionero en Malvenor Castle toda una semana. ¿Cómo lograría escaparse de esta galera el ratoncillo que era yo?

De golpe perdí el apetito; por lo demás, no era momento de comer: se acercaban unos pasos:

Me refugié precipitadamente en la torre. Pero al pie de la escalera tortuosa, que además estaba ya a oscuras, tuve un momento de debilidad. ¿Qué me aguardaba allá arriba? ¿Qué aparición de ultratumba? ¿Qué maldición? ¿Saldría yo vivo del desván del asesino?

Para animarme, recordé unas sensatas palabras de mi padre: «Para tener miedo a un fantasma, mi pequeño John, hace falta que primero te pellizque con sus dedos ganchudos. A mí, todavía no me ha pasado eso nunca. Todos los fantasmas que yo he visto se limitaban a revolotear y a parlotear como unas mariposas o unos ruiseñores. Unos verdaderos *gentlemen*, inútiles del todo pero sin ninguna malicia, que parecían aburrirse en el otro mundo tanto como se habían aburrido en éste...»

Me agarré al pasamanos de la escalera y, con el corazón dándome saltos, subí tres pisos, abrí una puerta que apenas se tenía en pie y me encontré en el desván.

Los últimos rayos del día, que penetraban por unos ventanucos, daban un aspecto impreciso, una especie de vida melancólica y poco tranquilizante, a aquel prodigioso *bazar*, acumulado allí durante generaciones. Allí había, en medio de un gran batiburrillo y lleno de telarañas, un montón de muebles viejos que habían logrado caber por la escalera de caracol, juguetes rotos, una vetusta máquina de coser, viejos baúles y maletas, frascos vacíos de medicamento, cacerolas abolladas, tubos agujereados, viejos vestidos de todas las tallas, y hasta un busto romano de yeso que había recibido un buen golpe en la nariz...

Después de cerrar la puerta, me tumbé en un montón de viejos trajes polvorientos donde, a fuerza de pensar en la cena, me quedé dormido.

EL SILENCIO, tal vez, me sacó del sueño. Sobre mi cabeza, la lluvia había cesado de golpear en las tejas; no se oían ya los truenos, ni el más mínimo ruido. La luna llena brillaba en un cielo despejado de nubes, sobre una naturaleza en calma, de la que hombres y animales parecían ausentes. Tan profunda era la quietud general que no me atreví ni a ponerme mis zapatos y fui a contemplar el panorama en calcetines,

deslizándome como un piel roja con mocasines.

A la suave claridad lunar el paisaje era magnífico. Bajo mi vista, allá abajo del todo, los jardines se extendían hasta el lago, engarzado en su marco de montañas. La vista de la Estrella Polar me hizo comprender que la fachada del castillo que miraba al lago estaba orientada al Norte. Di una vuelta por mis dominios, mirando tanto por un ventanuco como por otro. Al Este se veían las pesadas cimas redondeadas de los montes Grampianos, pero el relieve descendía un poco en las otras direcciones, en donde los techos de algunas aldeas eran, a veces, una mancha oscura en aquel verde bañado de luna. Hasta entonces había vivido yo en la pobreza, y de repente me vi dominando toda la extensión de una provincia, desde la torre más alta de un castillo...

Pero el hambre me atenazaba cada vez más...

Até con los cordones mis dos zapatos, me los eché alrededor del cuello y regresé a la cocina con mi hatillo.

Tenía la intención de aprovechar la noche para abandonar Malvenor Castle después de haber comido. De día, me hubiesen cogido enseguida. Pero, a favor de la noche, tenía que ser fácil llegar, sin que me viesen, hasta la tapia del parque y franquearla con la ayuda de las ramas de los árboles.

Con estas reflexiones llegué a mi fresquera. A pesar del claro de luna —que, por lo demás, empezaba a debilitarse anunciando la aurora— estaba muy oscuro el interior del castillo, por lo que encendí una cerilla para alumbrar mejor mi elección... ¡Cruel decepción: la fresquera estaba vacía!

Por más que fisgoneé por todas partes a la luz de mis cerillas y, después, a la de una vela que encontré en una alacena, fui de desilusión en desilusión... Los armarios estaban llenos de vajillas, de cristalería, de cubiertos, de condimentos o de especias, pero ni un vulgar tarro de mermelada. Todo lo que de comible había en aquella impresionante cocina era un cuarto de cordero crudo, envuelto en un paño, sobre una mesa, y unos mendrugos de pan en el fondo de la panera.

Me comí tristemente el menos duro, después de haberlo empapado en aceite. El Cielo castigaba mi gula...

El gran reloj de pared marcaba las 4.30 de la madrugada. Ya era hora de largarme de aquel lugar en el que corría el peligro de morir de hambre, igual que Tántalo en sus tormentos.

Pero la puerta de la planta baja de la torre, que durante el día debía de hacer las funciones de entrada de servicio, estaba cerrada: cerrada con llave. Y la llave no estaba en la cerradura.

Con mi vela en la mano, en calcetines, a través de las salas de visita desiertas y silenciosas llegué a la puerta de dos hojas de la sala de guardias... ¡que también estaba cerrada con llave!

Sin duda, lord Cecil tenía miedo de que algún lacayo o alguna camarera aprovechasen las tinieblas para largarse con su jarrita de leche, o para hacer otras tonterías.

Cada vez más preocupado hice una rápida ronda por toda la planta baja de Malvenor Castle en busca de una tercera puerta, para regresar a mi punto de partida completamente desalentado: hasta las ventanas estaban aseguradas con gruesos barrotes; y eso sin hablar del foso, que constituía una muralla líquida alrededor de todo el castillo.

Me senté en el sillón de María Estuardo, bajo la Venus saliendo de las olas con su abanico, y me entregué a amargas reflexiones: me encontraba encerrado con siete llaves, y para toda una interminable semana, en aquella especie de museo en donde todo me desconcertaba, en donde la más modesta cena

29

suponía todo un problema... Sólo me quedaba volverme a mi desván.

Al pasar de nuevo por el gran comedor isabelino, divisé por casualidad una puerta que no había visto durante mi primera ronda y que, por lo demás, me parecía que daba a una sala que el honorable mayordomo se había abstenido de hacernos visitar.

Intrigado, abrí muy despacito aquella puerta y descubrí una habitación de medianas dimensiones, y que hubiese podido decir que estaba amueblada en estilo Chippendale, si alguna vez hubiese oído yo hablar de aquel señor ebanista. Tampoco por ahí había posibilidad de escapar...

Pero por la ventana orientada al Este, un débil rayo del sol saliente que acababa de emerger por sobre las cumbres de los Grampianos, hacía resplandecer una gorda manzana roja, aparentemente olvidada sobre una consola que había cerca de la cama.

Fascinado por aquella maravilla, me acerqué a la manzana como un sonámbulo. La sopesé, la olí y le di un gran mordisco... Su carne estaba perfumada, algo indescriptible, infinitamente deliciosa: ¡una verdadera manzana del paraíso terrenal...!

Estaba yo a punto de reincidir, cuando un gemido sordo, cual el grito de mi inquieta conciencia, surgió junto a mí; y en la gran cama sumida en la oscuridad que tenía yo a mi derecha, una forma blanquecina empezó de pronto a levantarse y a ondularse...

Mi mano temblorosa dejó caer la manzana sobre el mármol de la consola... justo al lado de una boca esquelética dispuesta a morder.

Después del gemido y de la aparición fantasmal, la vista de aquella mandíbula de un cadáver que se reía burlonamente me prudujo la impresión que podéis imaginaros... No dando crédito ni a mis ojos ni a mis oídos, muerto de miedo, eché a correr como un conejo... Pero ¡oh colmo de desgracias!, al dar bruscamente la espalda a la luz en una habitación ya oscura de por sí, tropecé contra una cosa rara, una especie de mueble dotado de vida y movimiento, lo que aumentó aún más mi terror... si es que ello era posible. Tuve sin embargo la suficiente presencia de espíritu para cerrar la puerta al salir, con la vana esperanza de retrasar en algunos segundos la persecución del monstruo que me pisaba los talones. Y jadeando, el corazón a la deriva, corrí de un tirón hasta mi torre.

Al llegar al pie de la escalera me vi obligado por la oscuridad a volver a encender la vela que había apagado al final de mi ronda, puesto que ya había bastante luz. La llama alumbró la puerta tras la cual el señor de Chantemerle había muerto tanto por hambre como por estrangulación. Subí un piso, pasé por delante de la sala en donde el veneno había cumplido su cometido en 1492. Cuando llegué al desván, mis piernas ya no me tenían. ¿Por qué demonios habría tenido la debilidad de tocar aquella maldita manzana? ¡Y mira que mi imprudencia al elegir como morada aquella torre fatal de la que no saldría vivo...!

Como el castillo y sus alrededores continuaban sumidos en el silencio y como nadie venía a perseguirme en mi último baluarte, acabé por recobrar la respiración y por calmarme un poco.

Durante dos horas, tal vez, mientras amanecía del todo, no hice más que dar vueltas por el desván, ligero el paso, atento el oído, esforzándome por encontrar el sentido y el alcance del espantoso encuentro que acababa de sufrir. ¿Sería aquél el fantasma del pobre Arthur? ¿Sería otro fantasma? ¿Serían varios? En el fondo, yo no podía evitar una cierta simpatía por el fantasma de Arthur, que seguro que me habría dado menos miedo que cualquier otro. Pero si, por desgracia, los que andaban de ronda eran el fantasma hambriento del señor Chantemerle, o el fantasma empapado de Burdeos del capitán Mallory, o el fantasma atiborrado de veneno del primer piso, no creo que fuesen demasiado comprensivos... Arthur, según la expresión de James, que parecía hablar por experiencia y saber lo que se decía, era un fantasma *insatisfecho*. Sus colegas tenían también poderosos motivos para estarlo igualmente. Y con cuatro fantasmas *insatisfechos*, a los que había ido a molestar en su propia guarida... ¿qué podía esperar yo?

Un alarido prolongado, estridente y feroz llegó hasta mí desde las entrañas aún soñolientas de Malvenor Castle, dejándome paralizado, helándome la sangre en las venas. El rugido cesó, pero al momento se repitió con más furia, más fuerte y más agudo... ¡Ay, hijos míos, qué recuerdos...!

Busqué desesperadamente un agujero donde ocultarme... y me tiré de cabeza dentro de un baúl de mimbre cuya tapa cerré tras de mí. Así hacen las avestruces cuando tienen miedo; y así es como las capturan.

4 En el que atrapan al fantasma

DURANTE un buen rato no paré de temblar dentro de aquel baúl que olía a moho. Al final, armándome de valor, levanté un poquito la tapa: ya había amanecido del todo, una viva claridad de verano inundaba el desván, y un sordo rumor parecía venir de la cocina en la que andarían preparando el desayuno. Ahora yo sería capaz de comerme la pata de cordero, cruda y todo; y otra vez tenía sed.

Dejando mi hatillo y mis zapatos en el baúl, bajé la escalera a la chita callando. A medida que me acercaba, los ruidos y los olores me llegaban más distintamente: trajín de vajilla, voces, olorcillo de huevos fritos, aromas de bacón...

No me atreví a bajar más que hasta la mitad de la estrecha escalera que unía la planta baja de la torre con el descansillo del primer piso. Ni hacía falta que bajase más, ya que desde aquel lugar, sentado en un escalón, podía oír con bastante claridad cuanto se decía en la cocina. Seguramente sería en parte por algún fenómeno de resonancia, pero es que también la gente del campo tiene frecuentemente la costumbre de hablar muy fuerte y como con autoridad.

La voz llena y firme de la cocinera alternaba con la voz aguda, pero tímida, de una camarera:

33

—... ¡Tal como se lo estoy diciendo, Kittie! ¡A una cierta hora de la noche que es difícil precisar —pero el hecho está ahí, es indiscutible— la dentadura postiza de lady Pamela le pegó un mordisco a la manzana, y con una energía que no puede usted ni imaginarse!

—Sí, señora Biggot...

—El profesor Dushsnock se apresuró a comparar la huella del mordisco con la dentadura postiza, como un auténtico Sherlock Holmes, y declaró a todos cuantos querían escucharle, que la coincidencia era desconcertante.

—Sí, señora Biggot...

—Y usted sabe que el Profesor Dushsnock no es un cualquiera. No es solamente el preceptor del señorito Winston; es, además y sobre todo, miembro de la *Real Sociedad de Espiritismo* de Edimburgo, y de otras muchas sociedades de ese tipo. ¡En cuestión de fantasmas es una auténtica temeridad!

—Sí, señora Biggot...

—... o autoridad... que ya no sé ni cómo se dice... Usted pudo oír, como todo el mundo, el grito que lady Pamela lanzó al despertarse, al ver cómo su dentadura postiza había atacado a la manzana al amparo de la oscuridad. ¡No se ven estas cosas todos los días, puede usted creerme!

—Sí, señora Biggot...

—Y lady Pamela, a sus ochenta y cinco años, conserva perfectamente la cabeza... A propósito, ¿dónde tiene usted la suya, Kittie? ¡Tres huevos para el señorito Winston!... Otro hecho aún más extraño, si ello es posible, que obligó a lady Pamela a gritar de nuevo, fue que su sillón de ruedas, que estaba a su cabecera cuando ella se durmió con el sueño de los justos, a las siete de la mañana se hallaba delante de la chimenea. ¿Entiende usted lo que eso significa, Kittie?

—¡Ay!... sí, señora Biggot...

—Es como si un fantasma muy viejo hubiese bajado por la chimenea y hubiese tenido necesidad del sillón de ruedas para llegar hasta la manzana, y de la dentadura postiza para darle un mordisco... Al menos, eso es lo que afirma el profesor Dushsnock.

—Entonces no sería Arthur.

—¿Y quién iba a ser si no? Hasta nueva orden, que yo sepa, aquí no hay más fantasma que el de Arthur. Sólo que Arthur ha podido envejecer, hija mía. Nosotros envejecemos ¿no? ¿Y por qué los fantasmas no van a poder hacer lo mismo? ¿Eh? ¿No le parece?

—¡Seguro, señora Biggot! ¿Y qué piensa de todo esto lord Cecil?

—Milord Cecil, como de costumbre, se muestra incrédulo. James, que es «la voz de su amo», adopta la misma actitud y se ríe burlonamente. Las dos gemelas tienen otras ideas; y en cuanto al señorito Winston, ya se sabe que sólo piensa en comer. De una manera o de otra, nadie quiere enfrentarse a la realidad cara a cara, lo cual es lo último que se debería hacer con un fantasma como nuestro Arthur, que tiene salidas para todo. Usted también lo cree así ¿verdad Kittie?

—Sí, señora Biggot...

—Y eso no es todo, ¡ay, Señor! Aún no le he dicho lo más horrible...

—¡Me da usted miedo, señora Biggot!

—Pues sepa usted que los caballos se pusieron muy nerviosos después de la tempestad; tanto que Gedeón tuvo que levantarse de la cama por la madrugada. A menudo los animales saben de ciertas cosas más que nosotros; y los caballos, lo mismo que las pulgas sabias y los elefantes de Asia, tienen fama de una gran inteligencia, según dicen... En resumen, que desde su ventana, en el piso de las caballerizas, Gedeón vio un fuego fatuo que recorría de una parte a otra toda la planta baja de Malvenor Castle.

—¡Ay, madre!...

—¿Y sabe usted lo que eso significa, Kittie?

—¡Estoy temblando de miedo, señora Biggot!

—La última vez que vimos por aquí fuegos fatuos fue, si no me equivoco, hace cinco años, cuando murió la reina.

—¡Exacto, señora Biggot!

—Tengo miedo de que vayan a ocurrir grandes males, Kittie... ¡Pero no se asuste! Aquí estoy yo que tengo experiencia y ya sabré cómo protegerla. Y ahora vaya a la despensa a traerme un jamón de York. Mejor, el que está empezado... ¡si es que el señorito Winston no ha dado ya cuenta de él!

Oí enseguida los pasos de Kittie en la entrada de la torre, y juzgué más prudente retirarme a mi desván.

Me habían enseñado a creer lo que decían las personas mayores y la señora Biggot había hablado con tal convicción que yo tenía casi que hacer un esfuerzo para no creerla. ¡Costaba admitir que yo hubiese podido asustar tan tremendamente a lady Pamela y a parte del personal, cuando yo mismo estaba más muerto de miedo aún que ellos! Pero, felizmente, me convencí de ello bastante pronto, tanto más cuanto que el descubrimiento me aliviaba una barbaridad. ¡Qué tonto había sido al asustarme por una bobada!

Y hasta me hubiese reído del incidente si hubiese podido hacer un buen desayuno. Pero, en fin, la última frase de la señora Biggot me daba alguna esperanza.

Estoy seguro de no haber pasado en toda mi vida un día más largo que aquél, aguardando el momento de encontrarme, sin peligro, en aquella maravillosa despensa donde dormía el jamón de York. Después del desayuno vino el fregado del desayuno. Después, la preparación de la comida. Después, la comida de los criados y la de los señores. Después, el fregado de la comida. Después, el té de los criados y el de los señores. Después, la preparación de la cena. Después, la cena de los criados y la de los señores. Después, el fregado de la cena... ¡Era para volverse loco! ¡La animación de aquella cocina no paraba...!

Para engañar mi hambre, mi sed, mi aburrimiento, no tenía más diversión que mirar los alrededores por los ventanucos del desván, o aventurarme a prudentes reconocimientos del terreno, escaleras abajo.

Las conversaciones de la cocina giraron, de la mañana a la noche, sobre los acontecimientos de la noche anterior, de los que yo había sido el involuntario autor. James había contagiado a los dos lacayos, que se permitían algunas bromas incrédulas. Pero la señora Biggot, Kittie, las tres doncellas y Gedeón, el palafrenero, creían firmemente en la presencia activa de Arthur, y hasta en la neta superioridad de los fantasmas escoceses sobre los fantasmas ingleses, irlandeses o galeses. En cuanto al cochero Mac'Farlane, se reservaba la opinión. Durante la comida le oí decir sentenciosamente: «En materia de fantasmas yo sigo la política del *Wait and see*. Sí, señor, esperar y ver. Y, desde luego, yo todavía no he visto nada.»

Tocante al portero Mac'Intosh, que vivía con su familia en la portería, en la entrada principal, y a los tres jardineros, que venían a echar unas horas bajo su dirección, uno se preguntaba qué serían capaces de pensar...

POR LA TARDE, animados por el buen tiempo, los señores salieron a tomar el té a orillas del lago, que distaba escasamente 150 metros de mi observatorio.

Vi tirado en el desván un par de gemelos, de aspecto muy raro, de marfil rajado y con mango plegable. Cualquier dama de la alta sociedad hubiera podido decirme que se trataba de unos gemelos de teatro.

Con la ayuda de aquel instrumento pude observar largo tiempo el té de los señores, con gula y curiosidad; el ir y venir de los criados entre la puerta de servicio y el lago reverberante; las evoluciones de lady Pamela en su sillón de ruedas que, según parecía, ya no le daba miedo; la masticación de los *cakes* y los pasteles por mandíbulas de toda edad...

El que comía más y más aprisa era un gordo muchacho de trece o catorce años, cuya cabeza de bulldog tenía algo de positivo y bonachón. Era, sin duda, el señorito Winston, el último de los Swordfish, el heredero del título.

Su padre, lord Cecil, un tipo de larga y seca cara de caballo triste, comía mecánicamente, con el aspecto serio del hombre que calcula al penique el precio de lo que está engullendo.

Lady Pamela —tía abuela materna del marqués, según lo que le oí decir a la señora Biggot —picaba como un pajarito, con la punta de su fantasmal dentadura postiza. Tenía la cara más llena de arrugas que una manzana en invierno.

Y las dos hermanas de Winston, tan gemelas como mis gemelos, preferían el *badminton* a la comida. Rubias, delgadas, encantadoras, jugaban con seriedad, preocupadas, tal vez, por tener ya dieciséis o diecisiete años, o por ser tan idénticas como dos gotas de agua del lago. Según lo que había dicho la señora Biggot, se llamaban Alice y Agatha, iguales hasta en la primera letra de sus nombres.

La mamá de Winston, de Alice y de Agatha no estaba por allí. A juzgar por una alusión de James que oí a la hora de la comida, sospechaba que ya había entregado su alma a Dios, exactamente igual que mi madre. Y desde el Paraíso, con un catalejos más potente que el mío, las dos señoras deberían de estar contemplando la merienda, charlando...

«... ¡Oh! ¡Qué sucio y malvestido está su pequeño John, querida! ¡Es un verdadero horror! A nadie se le ocurre presentarse de esa forma en un castillo respetable...»

Mi madre bajaría la cabeza...

Me aparté del ventanuco y fui a mirarme al espejo rajado de un estrecho armario comido por la carcoma. La señora marquesa tenía, evidentemente, toda la razón.

Pasé revista a todos los vestidos viejos de mi talla que se amontonaban en el desván, pero se hallaban en un estado lamentable. Por suerte di con dos baúles repletos de disfraces que debieron de servir en tiempos ya lejanos en bailes de máscaras o en veladas de carnaval. Había disfraces de adultos y de niños, de todas las tallas, amarillentos y marchitos por el tiempo aunque no demasiado estropeados.

Me probé cuatro o cinco, dudando un buen rato entre dos trajes que me sentaban de maravilla: un brillante vestido de príncipe hindú, con turbante rematado por unas plumas, y un vestido de trovador. Finalmente opté por esta última solución, la cual estaba, en todo caso, más acorde con el marco.

El resultado era de una rara elegancia: casaca verde oscura con una fila de botones de nácar por delante; calzones ceñidos verde claro, y medias y zapatillas del mismo color; gorra de terciopelo negro, adornada con una enorme esmeralda falsa y una pluma auténtica de pavo real.

Y para acabarme de levantar la moral, me crucé en

bandolera un tahalí [1] de cuero del que colgué una espada, que el óxido tenía pegada a su vaina. Ciertamente el tahalí era demasiado grande y la espada demasiado larga, pero ello, si acaso, servía para darme un aspecto aún más fiero.

Al disfrazarme de aquella forma había realizado un sueño acariciado desde hacía mucho tiempo, y juzgado imposible de satisfacer. Me sentía otra persona, como si mis padres me hubiesen hecho nacer en unos tiempos mejores, en los que los niños no tuviesen más preocupación que la de mostrarse elegantes.

Pero... ¡Dios!, qué hambre y qué sed más grande tenía... No hubiese dudado ni un momento en cambiar mi esmeralda por un plato de lentejas, ni en dar mi espada por un vaso de agua.

Volví un instante al ventanuco que daba a los jardines y al lago. El sol declinaba ya sobre aquel grupo de personas que mi nuevo atuendo me animaba a considerar con más altivez.

Cogí de nuevo mis gemelos de teatro para observar detenidamente a un hombre delgado y completamente vestido de negro, que tenía el aspecto de un clérigo o de un maestroescuela, y que hablaba, de pie y con el espinazo encorvado, a lord Cecil, el cual se hallaba echado en una tumbona.

Después, el señor vestido de negro se dirigió hacia el castillo en compañía del señorito Winston, que le seguía con la cabeza gacha y de mala gana. Entonces distinguí mejor aquella cara arisca y biliosa, igual que el filo de un cuchillo, con una nariz agresiva que sostenía unas gafas de gruesos cristales. El tipo aquel

---

[1] Tira de cuero u otro material que cruza, por delante y por detrás del pecho, desde el hombro derecho hasta el lado izquierdo de la cintura, donde se juntan los dos cabos y donde se pone la espada. (N.T.)

era más feo que un mono, y se parecía curiosamente al señor Bounty. Seguramente tenía delante al profesor Dushsnock, preceptor del desgraciado Winston.

A LA HORA de la comida, para matar el tiempo, bajé a escuchar las charlas de los criados.

Sentado en la oscuridad, de nuevo oí hablar del fantasma de Arthur y de todos aquellos curiosos detalles, cuando unos gritos de dolor que yo conocía muy bien —los de un niño al que están azotando— llegaron tan nítidamente a la cocina, que los criados, con toda naturalidad, levantaron la voz para oírse mejor.

Por un momento me pregunté con espanto si no sería aquella una nueva manifestación de Arthur, cosa tan normal en aquella casa que ya ni prestaban atención a ella. Pero enseguida comprendí que los gritos eran de Winston, el cual estaría saldando algunas cuentas con el profesor Dushsnock. Y sentí un poco de egoísmo al no ser yo el apaleado.

En la Inglaterra de aquellos tiempos, mis queridos hijos, a los chicos les pegaban sus padres y sus maestros; a los criados y aprendices, su amo; a las mujeres, sus maridos; a los marineros les pegaban por orden de su comandante... A los niños pobres les pegaban para que se estuviesen quietos; a los niños ricos, para hacerlos más inteligentes. Inglaterra se ha forjado y se ha hecho grande a latigazos: desde la palmeta del maestro hasta el «gato de nueve colas» de la Home Fleet [2]. Algunos tipos amargados os dirán que a los ingleses les pegan los extranjeros, desde que ya no les zurran en casa sus compatriotas... No seré yo quien zanje la cuestión...

Un alarido más fuerte de Winston provocó un comentario impaciente del mayordomo:

—¡Vaya serenata esta tarde! En mis tiempos, los hijos de una familia distinguida soportaban las palizas en silencio. Como hacían, según dicen, los jóvenes espartanos de la antigüedad. ¡Pero todo degenera!

---

[2] Látigo formado por nueve tiras de cuero. Home Fleet: marina real inglesa. (N.T.)

¿Qué nos deparará este Winston? ¿No le parece, señora Biggot?

—Sí, claro, pero también lo que pasa es que el profesor Dushsnock, para congraciarse con milord Cecil, le atiza demasiado duro al chico. El pobre, pronto ya no va a tener pellejo en el trasero...

Una voz, que me pareció la del palafrenero Gedeón, comentó:

—¡Si el señorito Winston es más sensible que los demás, es porque tiene doble superficie de piel, con todo lo que come!

Una carcajada general, fuerte y burda, cubrió las quejas de la víctima, de la que no pude por menos de sentir piedad, por experiencia. Por lo demás... si a los niños ricos les daban iguales palizas que a los pobres... ¿para qué valía la riqueza?

5 En el que me atrapa un fantasma

FINALMENTE se acabaron en la cocina las charlas, a las que sucedió el silencio más absoluto. Permanecí aún algún tiempo sentado en mi escalón, saboreando los buenos olores que desde la mañana se habían extendido por la escalera. ¡Hubiese podido decir, punto por punto, todo lo que el castillo había comido durante el día!

Cuando juzgué que Malvenor Castle estaba bien dormido, bajé a tientas hasta el rellano de la escalera, desde el cual constaté que la cocina estaba sumergida en las tinieblas, en la espesa oscuridad de una noche estival antes de salir la luna.

Como la cocina daba al Noroeste y las caballerizas al Suroeste, podía encender una discreta vela sin exponerme a alarmar a Gedeón.

Para la comilona que yo prometía darme en solitario, experimentaba la necesidad de estar limpio, tan reluciente como me fuese posible. Después de haber aplacado mi sed, me lavé con agua caliente que había en una cacerola y con jabón de fregar. De todos modos, aquella *toilette* fue rápida: ¡yo estaba obsesionado con el jamón de York!

Para ir a buscarlo, Kittie había entrado en la torre. Emprendí, pues, la exploración de todos sus pisos, de arriba abajo, comenzando por el primero, justo bajo la habitación del crimen estilo 1588, en la que no había para comer nada más que un boliche.

De repente, un temor me atenazó el corazón: ¿y si la despensa estaba cerrada con llave? ¡No, el destino no podía ser tan malvado!

La puerta del primero se abrió sin dificultad. Protegiendo con mi mano la vacilante llamita de la vela, entré en la sala que, según James, estaba en restauración y en la que, en el año del descubrimiento de América, un misterioso veneno...

¡El farsante de James...! Delante de mí había unos sacos de patatas, de harina y de granos diversos, la paga, probablemente, de los colonos del Señor de Malvenor. Tocante a veneno... ¡sólo bolitas de matarratas en el suelo! Y en cuanto al jamón de York, ¡quedaba menos, que manteca en un asador!

La puerta de la planta baja tampoco estaba cerrada con llave y, con una emoción indescriptible, entré de golpe en un mundo de ensueño, igual que el pobre Alí Babá en la cueva de los cuarenta ladrones, rebosante de tesoros... Allí donde el señor de Chantemerle había sufrido las angustias del hambre hasta el punto de ahorcarse, había ahora un almacén de carnes ahumadas, jamones y patés de toda especie, trozos de tocino y de bacón, salmones de todas las procedencias, conservas conocidas y desconocidas, mermeladas, quesos, frutas... Paso por encima los huevos y las legumbres. Había allí víveres para resistir un largo asedio. En suma, ¡la auténtica despensa del castillo se hallaba en la mismísima torre en la que yo me había instalado!

Aquel paseo por entre tales maravillas —cuya importancia mi apetito exageraba— fue tan impresionante para un chico como yo, que siempre había tenido hambre, que mi imaginación se enardeció: ¿por qué, después de todo, no quedarme en Malvenor una semana, un mes, varios años?

En aquel castillo podría hartarme de comer, lavarme con agua caliente —lujo nuevo para mí— vestirme a mi antojo y regiamente, y hasta leer, sacando libros de la biblioteca. En suma ¡vivir a cuerpo de rey!

Pero mi entusiasmo se desinfló pronto. Yo tenía bastante sentido común como para saber cuánto valía una sencilla conversación, una simple presencia humana. Incluso un verdugo hipócrita, avaro y brutal como Greenwood ¿no era, con todo, un representante de la especie bípeda e implume en la que la Providencia me había hecho nacer? ¿No habría echado yo de menos su voz —¡y tal vez hasta sus palos!— después de algún tiempo de completa soledad? ¿Acaso se puede ser feliz viviendo escondido, sin compartir penas ni alegrías?

LA PUERTA de la despensa rechinó ligeramente. Apagué corriendo mi vela y me escondí de un salto detrás de un cerdo abierto en canal, que estaba esperando que lo despedazasen, colgado de una viga por las patas traseras.

La puerta se abrió del todo. Asomando un ojo por detrás de mi cerdo, vi entrar un fantasma vestido de blanco, aureolado por un fuego fatuo, que avanzaba derecho hacia mí, precedido por el brillo siniestro de un cuchillo...

Con un nudo en la garganta cerré los ojos para no ver aquella horrible aparición...

Cuando, por fin, volví a abrirlos, vi al señorito Winston que, en camisón y zapatillas, iba de aquí para allá por la despensa, de un jamón a un paté, de un paté a un salmón, tranquilo, despacio, con la mirada fija y concentrada de un muchacho entregado a su ocupación favorita. Cada vez que se detenía,

Winston dejaba la vela y cortaba, como un verdadero artista, un bocado, dando pruebas de una habilidad que mostraba bien a las claras que no era ningún novato en el oficio. Tenía la astucia de dirigirse de preferencia a los trozos ya empezados, en donde su sisa sería imperceptible. Pero también le vi, con admiración, darle la vuelta a un paté intacto, para rascar por la parte de abajo, igual que un experto cirujano.

Siguiendo el compás de las idas y venidas gastronómicas de Winston, yo evolucionaba detrás del dudoso refugio de mi cerdo, a fin de ocultarme lo mejor que podía; pero las puntas de mis zapatillas asomaban bajo el morro del animal, y si el visitante no hubiese estado tan distraído, tan seguro de sí mismo y tan libre de remordimientos, me habría descubierto mucho antes.

Finalmente, llegó lo inevitable: por culpa de una falsa maniobra por mi parte, nos encontramos frente a frente.

El asombro de Winston fue tan grande, que al principio pudo más que el mismo miedo. Pero enseguida, el pobre muchacho se puso a temblar con la boca llena, de la forma más lamentable, agitando la vela con los temblores, pegadas al suelo sus zapatillas por lo extraño de aquella aparición.

En cuanto a mí, yo estaba demasiado conmovido al verle así, como para pensar en aumentar el miedo de mi anfitrión con cualquier artificio indigno de un *gentleman*. Al contrario, procuré tranquilizar a Winston con una voz afable, persuasiva, amistosa. Y brevemente le conté todo lo que vosotros ya sabéis: mi humilde nacimiento, las desgarradoras tristezas de mi infancia, mi reciente fuga de la casa del señor Greenwood, mi vagabundeo durante una semana por los *Highlands*, mi sorprendente cautiverio en el castillo

47

debido al azar, mi accidentado *debut* como fantasma y mi hambre.

Por un fenómeno muy comprensible, que se debía a las circunstancias más que a insensibilidad, cuanto más insistía yo en mis desdichas, más tranquilidad recobraba Winston, más vida y más color. E incluso —por reacción, sin duda— hasta una cierta alegría.

Comprendí que se había restablecido totalmente del susto, cuando se cortó delante de mis propias narices una loncha de jamón de York delgada como un papel de fumar, y se la comió tan tranquilamente.

—¡Vaya, vaya! —dijo por fin Winston, con buen humor—. No puedo negar que me ha dado usted un buen susto. ¡Mira que la idea de disfrazarse de indígena de otro siglo con esos pingos llenos de polvo de los que ya nadie se acuerda! Así, de pronto, creí que era el fantasma de Arthur que venía a comer un bocado conmigo... ¡Porque un fantasma que se atreve a darle un mordisco a la manzana de tía Pamela es capaz de lo peor!

—¡Le juro, de verdad, señor Winston, que no lo hice queriendo!

—¡Lo que habría que haber hecho queriendo es no haberlo hecho!... Como me repite a cada paso mi padre, que le habría puesto coloradas las orejas si le hubiese cogido.

Seguramente Winston pensó que él mismo no estaba libre de reproches en materia de manzanas o de jamón, y su voz se suavizó:

—Pero comprenda usted, mi querido amigo, que es sumamente desagradable y chocante toparse con un fantasma cuando uno no cree en los fantasmas. Es un trago duro de pasar... Tía Pamela, por ejemplo, que todos los domingos por la tarde hace girar una mesa para entrar en comunicación con Arthur y preguntarle qué desea, se ha recuperado enseguida, después del primer sustillo. Y ahora, incluso, hasta está orgullosa de su aventura. ¡Pero a mí... realmente, casi me ha quitado el apetito!

Con la punta de su cuchillo, con aire casi de repugnancia, Winston cortó una lonchita de paté de alondra, que siguió el mismo camino que la loncha de jamón de York.

Procuré cambiar de conversación:

—Le voy a hacer una pregunta indiscreta, señor Winston... ¿Cómo se comprende que el hambre empuje hasta este lugar, y a esta hora de la noche, a un joven de su condición y de su categoría?

Winston se quedó un instante reflexionando en mi pregunta como si fuese de la mayor importancia; dejó escapar un largo suspiro y me contestó:

—Las preguntas nunca son indiscretas, mi querido John. Son las respuestas las que pueden serlo. Y la realidad, ¡ay!, es bien conocida en toda Escocia: la mesa de Malvenor Castle ya no es ni la sombra de lo que fue...

—¡Qué me está usted diciendo!

—¡Sí, señor! Eso le explica a usted mi aparición por estos lugares. Demasiado a menudo, lo confieso, me empuja hasta aquí un hambre eterna; y en ocasiones, como esta noche, una gazuza mayor que de costumbre.

—¡Me cuesta mucho creerle, señor Winston!

—Su extrañeza no me sorprende. Usted ha nacido en un medio popular, donde es tradicional no tener nada que comer, y poco que beber. Un plato de alubias o de habas le parecerá un festín...

»Sepa, mi querido amigo, que antes había en Malvenor Castle una cuarentena de criados, entre ellos un *chef* francés y un repostero vienés con sus pinches, los cuales, durante el verano o en época de caza, preparaban comidas de cincuenta cubiertos. La mantequilla venía de Charentes; el foie-gras, del Périgord o de Alsacia; el caviar, del Caspio o del Volga... Y poseíamos una de las mejores bodegas de las Islas

Británicas, con borgoñas más que venerables y un mouton-rothschild que el mismo Disraeli probó una vez. Pero esos son tiempos pasados...

»Mi padre perdió un millón de libras esterlinas en la guerra de los Boers [1], cuando los ejércitos contendientes tuvieron la desagradable idea de escoger sus plantaciones y sus minas para hacer maniobras; y el resto se perdió en arriesgadas especulaciones: el empréstito armenio, el blanco de España [2] del Congo, el azul de metileno del Perú... Tuvimos que vender nuestro palacete de Londres y refugiarnos aquí todo el año, con un servicio de lo más restringido. Las cuatro quintas partes de la finca han sido vendidas. Nuestros muebles más bonitos, nuestras colecciones de cuadros y de objetos de arte han volado... Y de nuestra famosa vajilla de plata sólo queda una jarrita de leche, simbólica. ¡Es la miseria, John!»

—¡Ay, Dios mío!

—¡Hasta las dotes de mis dos hermanas, que mi padre perdió junto con su cuadra de carreras! Tuvieron que sacarme de Eton [3] por no poder pagar mi pensión. Mi pobre mamá murió de pena.

—Si yo lo hubiese sabido...

—Su compasión me conmueve, John. Realmente

---

[1] *Boers* (en holandés, *campesino*). Pueblo de origen holandés establecido en Africa del Sur desde mediados del siglo XVII. Cuando Inglaterra ocupó aquellas tierras a finales del XVIII y principios del XIX, encontró una feroz resistencia que originó varias guerras con los *boers* durante todo el siglo XIX y principios del XX. *(N.T.)*

[2] En química se da ese nombre a diversos productos, por ejemplo algunos compuestos del bismuto, del calcio, del plasma... *(N.T.)*

[3] Es el *Kings College* fundado por Enrique VI en 1440 en la pequeña ciudad de Eton. En él se formaron numerosas personalidades inglesas de las letras y la política. *(N.T.)*

soy digno de lástima. Aquí me ve usted, prisionero en una casa que va a la ruina; en la que los criados comen mejor que los señores; en la que me limito a unas comidas mediocres bajo una vigilancia meticulosa. ¡Una de las últimas manías de mi padre es la de hacerme adelgazar! Y ya tengo un hambre atrasada de años. Hambre de cantidad, pero sobre todo de una calidad que ya nunca más podré satisfacer. Aunque dudo que usted pueda comprenderme...

—¡Lo intento con toda mi alma, señor Winston!

—Usted es un buen chico que ha sufrido desgracias como yo. Estamos hechos para entendernos. Pero usted ha tenido la suerte de no haber perdido nada, ya que nada tenía. Esa es una dicha de la que hay que dar gracias al cielo, John.

—Todos los días le agradezco que mis desgracias no hayan sido peores...

—Lo peor ya ha llegado: esta noche, el profesor Dushsnock me ha castigado sin cenar.

Las desgarradoras quejas de Winston me permitían comprender mejor el sentido y el alcance de ciertos detalles que ya deberían de haberme impresionado si yo hubiese tenido más experiencia de la vida. Pobre entre los pobres, había ido yo a parar, en cierto sentido, a casa de unos pobres entre los ricos. La brillante medalla tenía su reverso...

Puesto que Winston olvidó, púdicamente, nombrar la paliza que le habían dado, no tuve yo la crueldad de hacer ninguna alusión a ella. Me limité, pues, a preguntarle cortésmente el motivo de aquel castigo excepcional.

Los mofletes de Winston temblaron de rabia, y sus ojillos, como ascuas, lanzaron chispas de indignación y de furia...

—La culpa la tiene un obispo francés del siglo XVII, un tal Fénelon, y sus *Aventuras de Telémaco*, en las que el profesor Dushsnock me hace estudiar el francés tal

como se debería hablar, según él. El profesor Dushsnock me acosa continuamente, y no pierde ni una
ocasión de comprobar mis conocimientos haciéndome
preguntas a bocajarro. Bueno, pues cuando íbamos a
sentarnos a la mesa alrededor de un rosbif más duro
que la suela de una alpargata, y de una oca muerta
de puro vieja, de repente me preguntó en francés, con
su acento insoportable: «Qui est Telémaque?» (¿Quién
es Telémaco?). El hijo de Ulises se hallaba a mil leguas
de mi mente y, naturalmente, yo entendí: «Qui étaient
les Mac?» (¿Quiénes eran los Mac?). Así que me puse
a hablar de las familias y de los clanes escoceses,
tanto más y mejor cuanto que yo tengo por principio
hablar de preferencia sobre los temas que conozco.

»El profesor Dushsnock me dejó enrollarme a fondo
antes de explotar. ¡Es un mal hombre, de la misma
especie del Bouty ése de usted, que merece que le
dejen morir de hambre delante de montones de
comida!»

Yo no entendí nada del asunto aquel de Mac y de
Telémaco pero, si no quería morir también de hambre, tenía que preocuparme urgentemente de mi
cena. En consecuencia, rogué a Winston que me
permitiese compartir algunos bocados con él.

Contra lo que cabría esperar, Winston dudaba:

—¡No me vayan a descubrir, por tener yo la
bondad de concederle a usted ese favor...! La señora
Biggot tiene una vista de lince, una memoria de
elefante, y lleva la cuenta de todo en la cabeza.

Un poco avergonzado, revelé a Winston cómo
había estado yo observando su prudente técnica de
degustación antes de haber tenido el honor de cono-
cerle, y le aseguré que, después de haberle visto en
acción, no tendría yo ninguna excusa si cometía
alguna torpeza.

—¡Eso sería espantoso, John! Es verdad que mi
padre es la bondad misma, pero su severidad supera

con mucho a su bondad, y su carácter se ha agriado terriblemente con los reveses de fortuna.

—Comeré... ¡como el fantasma de Arthur, señor Winston!

—¡Magnífico! Tiene usted aspecto de inteligente y razonable: vista rápida, mano ágil y pie ligero. En el fondo, no me disgusta que se tenga que quedar encerrado en Malvenor hasta el domingo que viene. ¡Estoy tan sólo! Mis hermanas son unas pavas que no piensan más que en guardar la línea... ¡Y total, para pescar qué, Dios mío, con las dotes que les quedan! No puedo mantener una conversación más que con usted. ¿No sería agradable que, por las noches, nos reuniésemos en esta olorosa despensa para cambiar impresiones y dar unos bocados?

—¡Sería maravilloso! ¡Un cuento de hadas, señor Winston!

—Llámeme Winnie, como todos los amigos que no tengo.

—¡De acuerdo, Winnie!

Fugado de una fragua, me encontraba cenando en un castillo, en compañía de un miembro de la alta nobleza que me honraba con su amistad. ¿Sería el comienzo de una brillante carrera, en la que las comidas y los amigos iban a multiplicarse como los panes y los peces del Evangelio?

6 Una amistad terriblemente cara

LOCO de contento me desabotoné la casaca y saqué un cuchillito. Para probarle a Winston que había sacado provecho de su lección, di la vuelta a un modesto paté de pueblo, igual que se vuelca una tortuga, y mientras mi anfitrión y amigo me alumbraba amablemente con su vela temblorosa, empecé a escarbar con toda clase de precauciones...

El desastroso ejemplo de Winston me había quitado todo escrúpulo. Pero mi ángel de la guarda velaba por mí...

—¿Sabe usted, mi querido John, que, antes de cenar, podría prestarme un señalado servicio? Se me ha ocurrido la idea al verle con ese traje del siglo XV, el traje de Arthur con un siglo de diferencia... ¡Pero eso que más da! Su elegancia es, realmente, impresionante...

En el calorcillo, aromatizado de condumio, de la despensa, aquella propuesta me causó el efecto de una ducha fría. Pero ¿estaba yo en situación de rehusar lo que fuese? Con una sonrisa forzada volví a guardar mi cuchillo, mientras Winston proseguía, aferrado a su idea:

—Hace un rato le he entregado al profesor Dushs-nock una traducción latina sobre la muerte de Mitrídates —ese tipo excéntrico que comía veneno. ¿Sabe usted? [1]— trabajo que me parece que no me ha salido demasiado bien... Temo que empecé en un mal sentido, para continuar con un contrasentido y para acabar sin pizca de sentido. A menos de un milagro, el profesor Dushsnock estará mañana de un humor particularmente insoportable. Da una enorme importancia al latín, que constituye, en su opinión, la más elegante diferencia entre el *gentleman* y el patán. El es quien ha inventado esa ridícula divisa que adorna la sala de guardia, que no vale nada comparada con la antigua: POPULO, POPULO, POPULO.

Tras una ligera indecisión, Winston añadió:

—¿Se puede creer usted que, a veces, ese bruto se atreve a pegarme?

La diplomacia me aconsejaba hacerme el inocente. Exclamé:

—¡Winnie! ¡Cómo iba a imaginarme yo eso!

—¡Ay, mi querido John! ¡En este mundo injusto y mal organizado no son los hijos del pueblo los únicos que reciben palizas! Y, personalmente, ahora corro más peligro de recibirlas, después que ha tenido usted la desgraciada ocurrencia de morder la manzana de tía Pamela...

Ante aquella salida inesperada, me quedé realmente sorprendido:

—¿Y eso? ¿Qué relación...?

—Esta mañana, mientras le afeitaban, mi padre me llamó y me dijo: «¿No será usted, por casualidad, quien le ha pegado ese mordisco a la manzana? Semejante siniestra burla alimenticia le va mucho a

---

[1] Alusión a Mitrídates VI, rey del Ponto (región al N.E. de Asia Menor), feroz enemigo de Roma. Al final de su vida prefirió matarse antes que caer en manos de sus enemigos. Pero, inmune al veneno por la costumbre que tenía de tomarlo, se hizo degollar por uno de sus guardias (66 antes de Cristo). *(N.T.)*

usted...» Yo le juré que no, y papá me creyó... Pero el profesor Dushsnock no cree a nadie más que a él, y tiene respecto a mí severas sospechas, que han tenido mucho que ver en la zurra que acaba de darme...

—Pues no entiendo qué le importa a él esa manzana.

—Muy sencillo: el profesor Dushsnock pasa por ser un experto en ciencias ocultas, y de ello saca algún dinerillo. Ha publicado en Glasgow, en «Ediciones Ghost y Gibe», *Nuestros fantasmas familiares. Fantasmas y vida conyugal. Los fantasmas de luna llena. Historias de fantasmas, para niños. Fantasmas históricos de Escocia y de las islas Orcadas.* Y, sobre todo, *Cómo fotografiar a los ectoplasmas,* obra técnica de la que todo el mundo se ha reído.

Era la primera vez que yo oía esa palabra y le pregunté a Winston qué demonios era un ectoplasma.

—Mi querido John, no hay que confundir ectoplasma con cataplasma, aunque, eventualmente, pueda hacer sus veces. De hecho, el ectoplasma es un fantasma *que se materializa,* hasta el punto de que es posible no sólo verlo y oírlo, sino también tocarlo. El profesor Dushsnock está persuadido de que nuestro Arthur tiene todas las cualidades de un buen ectoplasma.

»Puede usted imaginarse lo sensible que es para él este tema, cómo le seduce la idea de un ectoplasma con dentadura postiza. Y, por la misma razón, cómo le enfurece la hipótesis de que todo sea una broma pesada, un fraude que le dejaría en ridículo...

—Pero ¿qué puedo hacer yo, mi querido Winnie?

El heredero del título se acercó a mí y me dijo con una noble seriedad:

—¡Usted lo puede todo, John! Ya que ha hecho de fantasma sin pretenderlo —¡y hay que ver con qué talento y con qué éxito!— ¿quién le impide hacerlo ahora aposta?

La proposición se las traía... A duras penas conseguí articular:

—O sea... ¿usted querría... esto... que, llegado el caso, diese yo dos o tres gritos por los corredores de Malvenor Castle? ¿Cú-cu o húuu húuu?

—¡Original! ¡Excelente! Pero haría falta algo más fuerte, algo irrefutable. Sin ello, el profesor Dushsnock sospecharía todavía más de mí. En una plabra, tiene usted que hacer por mí alguna cosa grande que aleje de mí toda sospecha. ¡Por favor, no ponga esa cara larga: es descortés!

Yo le aseguré remolonamente mi buena voluntad y Winston se lanzó a explicaciones más precisas:

—Los ocho criados que nos quedan para el servicio interior duermen en el desván del edificio principal. En el primer piso del mismo edificio duermen los señores y sus eventuales invitados, aunque ya no recibimos ninguno. Si usted sube por la gran escalera de la sala de guardia hasta ese primer piso, va a dar a una gran sala de baile o de banquetes, de donde arrancan, a su derecha y a su izquierda, dos largos corredores que enlazan antiguas habitaciones de lujo, hoy día casi vacías de muebles. Al final del corredor de la derecha se encuentran unos retretes «turcos», mandados construir por Meredith Swordfish, duodécimo marqués de Malvenor, en 1805 —el año de Trafalgar— al regresar como embajador en Estambul. Al fondo del corredor de la izquierda tiene usted un gabinete de ciencias naturales, con sus colecciones de minerales y de insectos, sus animales rellenos de paja o conservados en formol.

Dos salas, una frente a otra, se encuentran junto al gabinete: la del profesor Dushsnock al norte, y la mía al sur. ¿Me sigue?

—Esto... ¡sí, sí!

—Se habrá dado cuenta, John, de que el profesor Dushsnock y yo somos, durante la noche, los únicos ocupantes del primer piso. Igual que tía Pamela, por razón de su enfermedad, es la única ocupante de la planta baja. Su puerta, por cierto, nunca está cerrada con llave, para que se le pueda prestar ayuda sin pérdida de tiempo. (El profesor Dushsnock, que tiene algunas nociones de física y de química, ha montado chapuceramente un sistema eléctrico de alarma, que funciona con pilas, que permite a la vieja lady avisar a los criados en caso de urgencia). La puerta del profesor Dushsnock tampoco está cerrada nunca con llave. ¿Adivina usted por qué?

—Esto... ¡no!

—Como la gran ilusión del profesor es fotografiar un ectoplasma, no es conveniente que el visitante encuentre el obstáculo de un cerrojo. Arthur podría tomar esa precaución como una prueba de desconfianza contraria a las leyes de la hospitalidad...

Cada vez iba viendo yo con más claridad adónde iba Winston a parar, y ya estaba temblando por adelantado.

Una idea elemental me dio un poco de valor:

—Pero veamos, Winnie... Si no me equivoco, no se pueden hacer fotografías en la oscuridad o a la luz demasiado débil de una lámpara de petróleo.

—La cámara —un gran *folding* [2] americano— montada en un trípode, está siempre preparada a los pies de la cama del profesor Dushsnock, con el objetivo apuntando hacia la puerta. El diafragma funciona por medio de un mando flexible, provisto de una perilla que hace de disparador. Ese mando es lo suficientemente largo como para que el profesor Dushsnock pueda tener la perilla al alcance de su mano cuando trabaja en su mesa. Y cuando duerme, la perilla se

---

[2] Palabra inglesa que significa «plegable». Aparato fotográfico plegable a base de fuelles. (*N.T.*)

halla encima de su mesilla de noche, al lado de una veladora que siempre está encendida. Porque el fantasma puede entrar en cualquier momento... ¡y no hay que dejarlo escapar!

»Para impresionar en la placa ultrasensible de su *folding* a los ectoplasmas nocturnos que son, con mucho, los más probables, el profesor Dushsnock ha acoplado a su cámara un dispositivo ideado y fabricado por él, y que piensa patentar, en el que se demuestra todo su ingenio en el campo de lo inútil y lo absurdo. Se trata de una ampolla de vidrio que tiene dentro oxígeno, carbón activo para absorber hasta el menor rastro de aire, y una laminita de un metal combustible que se llama magnesio. Cuando se abre el diafragma, una chispa eléctrica inflama el magnesio que arde en el oxígeno produciendo un breve e intenso fogonazo de luz; un *flash*, si usted quiere. En principio, es luz más que suficiente para atrapar a cualquier ectoplasma que tuviese la amabilidad de querer ir a posar.

»Todas las noches, desde hace años, el profesor Dushsnock verifica las pilas y se acuesta con una esperanza continuamente frustrada.

»¡Lo único que le pido, mi querido John, es que se deje usted fotografiar! Es sólo un pequeño esfuerzo; y no podría encontrar usted una manera mejor de agradecer, como un *gentleman*, la liberal hospitalidad que le concedo.

Yo guardé el mismo silencio que una rata cogida en una trampa.

Winston prosiguió en un tono acosante y zalamero:

—Imagínese, por un momento, la dicha del profesor Dushsnock, recompensado finalmente por su heroica paciencia, triunfando brillantemente sobre el escepticismo y las burlas. Imagínese, sobre todo, mi propia felicidad, porque... ¡sí que le importaría mucho entonces al profesor mi versión latina...!

Suspirando, pregunté:

—¿Está usted completamente seguro, señor Winnie, de que no existe peligro alguno?

—¡Pero qué peligro! Yo mismo le iré alumbrando hasta la puerta del profesor Dushsnock, ya que no sería conforme a los usos y costumbres que un ectoplasma hiciese su aparición con una vela en la mano. Y luego yo cubriré su retirada...

»En cuanto usted haya echado a correr entro yo, corriendo, en camisón, en la habitación del profesor Dushsnock, me abrazo a él temblando, y le digo con voz moribunda que acabo de cruzarme en el corredor con el ectoplasma verdoso de Arthur, cuando volvía yo del retrete «turco». Mi alarmante estado impresionará al profesor Dushsnock, tanto más cuanto que antes yo había sido un incrédulo. Y, naturalmente, se ocupará más de mí que de usted, avergonzado de haber pensado mal de mí, y feliz al constatar que yo no tengo nada que ver con el famoso fantasma de los Swordfish. Y al retirarse, por favor, no olvide lanzar una serie de alaridos y aullidos clásicos, que probarán todavía más mi inocencia. ¿Dónde ve usted el menor peligro?

—Con todo, Winnie, tengo un poco de miedo...

—Usted no tiene que tenerle miedo al profesor Dushsnock, puesto que él cree en los fantasmas; y al fantasma tampoco tiene que tenerle miedo... ¡porque el fantasma ES USTED!

—Es verdad, no me acordaba...

—¡Ay, qué joven es usted! En fin, yo era igual hace dos años...

Winston me cogió de la mano y me obligó a seguirle.

Me extrañó que me llevase hacia arriba, hacia la habitación en donde Arthur había perdido la vida tan trágicamente. Allí, Winston cogió el boliche, que me entregó con la mayor naturalidad, sin notar mi instintiva repugnancia...

—Mi padre lo compró hace poco por tres libras en el «rastro» de Aberdeen, a fin de hacer más interesante la visita histórica de los domingos, que se resentía de la liquidación de todos los muebles de valor. El boliche auténtico desapareció en 1635 con ocasión de un incendio. Es esencial, John, que usted se fotografíe con este trasto, que autentificará la aparición. Pero no se le vaya a olvidar devolverlo después ¿eh? ¡Es la principal atracción de la visita!

Mientras bajábamos con el boliche, le pregunté a Winston por qué lord Cecil daba tanta importancia a esas visitas de los domingos, y me respondió con una tristeza matizada de embarazo:

—Sepa, mi querido John, que abrir al público un castillo como el de Malvenor, lugar importante en la historia de Escocia, da derecho a una subvención del Estado que mantiene a los criados. Mi padre sufre con todo ello, pero ¿qué otra cosa se puede hacer? ¡La necesidad carece de leyes!

Al momento de salir de mi torre, dormitorio y despensa a la vez, tuve un momento de debilidad:

—¡No, de veras, es imposible! ¡Pídame cualquiera otra cosa, mi querido Winnie! ¡Lo que sea, menos esto! ¿Cuándo se ha visto que un fantasma vaya a que lo retraten?

—Alguna vez había que empezar ¿no?

Winston acercó la vela a mi cara y la observó con una mirada crítica...

—Necesita usted un estimulante. Como los soldados de Wellington antes de la batalla de Waterloo —donde, por cierto, no paraba de llover, como su mismo nombre indica— [3]. Y esa medicina se encuentra en la bodega, donde el capitán Mallory...

La escalera de caracol conducía hasta un sótano

---

[3] Juego de palabras: *water*, en inglés, significa *agua*. (N.T.)

húmedo y abovedado, que el encuentro imprevisto con Winston no me había permitido aún descubrir. Allí había unos barrilitos de cerveza ordinaria, una gran cantidad de botellas de vino en sus botelleros, y varias cajas de licor, de whisky y de cervezas de marca.

—El whisky es para los viejos fantasmas —me aseguró Winston, riendo—. Pero yo tengo en esta caja de cartón algo que le va a sentar muy bien...

Y sacó de la caja, que ya estaba abierta, un botellín...

—De este producto podemos usar sin miedo: James le mete mano de vez en cuando, y la señora Biggot, excepcionalmente, cierra los ojos. Por lo demás, este estimulante es excelente para la salud. Vea, vea lo pone en la etiqueta: *Guinness is good for you!* [4] ¡No hay que discutirlo!

Me bebí a morros una primera *Guinness*, que me pareció amarga; la segunda ya me pareció mejor...

—¿Nunca había bebido cerveza, John?

—Muy pocas veces...

—¡Entonces, basta con dos!

Después de las dos *Guinness*, tomadas casi en ayunas, noté enseguida que me volvía toda mi seguridad. Y con prisas por acabar, ahora era yo quien exigía irnos ya en busca del fotógrafo.

---

[4] ¡La cerveza es buena para usted!

7 Demasiado esfuerzo... para una foto vulgar

A PESAR de mi reciente resolución tuve un momento de debilidad al pie de la majestuosa escalera de la sala de guardia, y otro más fuerte aún mientras atravesábamos el gabinete de ciencias naturales, con sus pájaros clavados en pleno vuelo, sus pequeños mamíferos detenidos en mitad de su carrera, sus lagartos agazapados, sus serpientes dentro de unos tarros, sus mariposas crucificadas... Todos aquellos animales, ¿no recobrarían acaso la vida, a una señal del fotógrafo, para lanzarse en mi persecución en una espantosa cabalgada?

En fin, unas veces empujado, otras veces arrastrado por Winston, llegué a la puerta del profesor Dushsnock.

Entonces, Winston me dijo, cuchicheando:

—Debo advertirle que el profesor Dushsnock tiene el sueño muy pesado, lo cual es un serio inconveniente para un cazador de fantasmas. Por eso se compró hace seis meses un pequeño teckel, un perro salchicha, que se llama Júpiter. Ese chucho cobarde duerme debajo de la cama de su amo, y le despierta con unos ladridos furiosos a la menor cosa extraña que nota. De esa forma el profesor Dushsnock ya ha tenido la ocasión de hacer dos fotos a la luz del magnesio. En la primera, se veía una corriente de aire; en la segunda, a Júpiter ladrando. No tiene usted nada que temer de ese animal. No es un perro: es un despertador.

En voz bajita, le pregunté:

—¿De verdad que Júpiter es pequeñito?

—¡Pero si hasta está escrito encima de la puerta!

Winston levantó la vela e iluminó un fragmento de mármol en el que se podía leer una antigua inscripción:

CAVE CANEM-CANEM MATERCULAE SUAE

Tuve que confesarle que no tenía la menor idea de latín, por lo que Winston tuvo la bondad de traducir:

—Eso significa «¡Cuidado con perro-perro de su abuela!» O también, «Cuidado con el perro-perro para su abuela!». El profesor Dushsnock duda entre una traducción o la otra, entre el genitivo o el dativo. Compró esta lápida en Pompeya, cuando era preceptor de los hijos de lord Billvesy, por dos perras, lo que me hace pensar que su autenticidad es muy dudosa. Pero yo le garantizo a usted que el canem-canem es auténticamente minúsculo.

Tras lo cual, abrazándome, Winston me susurró al oído:

—¡Animo, John! *Macte ánimo!* [1], como le gusta decir al profesor Dushsnock. Nunca olvidaré lo que está haciendo por mí. A partir de ahora... ¡juntos en la vida y en la muerte!

Y Winston se alejó con la vela por el corredor, dejándome en la oscuridad entre dos débiles luces: una, la que se filtraba por debajo de la puerta del profesor Dushsnock, tan débil que, efectivamente, debía de ser la luz de la veladora; y otra, al final del corredor, el halo de la vela que me señalaba el camino para batirme en retirada.

Llevando el boliche en la mano derecha, abrí

_____

[1] En latín: ¡Animo! ¡Valor! *(N.T.)*

despacito la puerta con la izquierda, encomendando mi alma a Dios. Iba a enfrentarme con lo que hay de más terrible para un chico: un maestro acostumbrado al látigo, como víctima cuando era niño, como verdugo en su edad madura.

El verdugo de Winston, acostado boca arriba y —a pesar del relativo calor— con un gorro de dormir adornado con una borlita, roncaba sordamente, iluminado medio cuerpo. A la derecha de la cama había una silla en la que se podían ver, negligentemente tirados, un traje negro, brillante de tanto uso, y unos calzoncillos largos agujereados. A la izquierda de la cama, sobre la mesilla de noche, estaba la perilla, al lado de la veladora y de un par de gafas. Y al pie de la cama, el objetivo fotográfico del *folding* me miraba fijamente como el ojo enorme de un animal.

Di tres pasos al frente y adopté una *pose* elegante, con el boliche a buena altura, la mano en el pomo de mi espada, y la pluma de mi gorra tiesa, como lista para la batalla.

Y si me preguntaseis que cómo podía yo ver que la pluma de mi gorra estaba tiesa, dado que llevaba la gorra puesta en la cabeza, os respondería que el narrador tiene el privilegio de decir alguna tontería de vez en cuando, cosa que, por lo demás, nadie notaría si él no tuviese la nada frecuente honradez de señalarla a la indulgencia del público.

Resumiendo, que por más que yo posaba con toda convicción, allí no sucedía nada. Si al salchicha aquel no le daba la gana de despertarse, el profesor Dushsnock no se despertaría tampoco. Y si los ronquidos del profesor Dushsnock no lograban despertar a su perro, era que el animal debía de ser duro de oído.

Como último recurso, me decidí a llamar al perro:

—¡Júpiter! Psh, psh, psh... ¡Mira quién está aquí...!

¡Ni por esas...! Yo silbaba entre dientes, cada vez más fuerte, sostenido por la indefectible amistad de

Winston y por la confianza que él tenía puesta en mí... Pero era inútil...

Ya no sabía qué solución adoptar, cuando una salva de ladridos histéricos explotó de repente debajo de la cama, donde Júpiter continuaba prudentemente escondido. Los perros pequeñajos son los que ladran más fácilmente y con más furia, ya que no tienen valor para hacer otra cosa.

Lo había logrado tan bien, que la intensidad aguda de aquellos ladridos me produjo un auténtico choque y tuve que echar mano de toda mi voluntad para no tomar las de Villadiego. Tanto más cuanto que aquello empezaba a animarse a gran velocidad, debido al profesor más que al perro.

Despertándose sobresaltado, el roncador funcionó automáticamente, igual que una máquina bien engrasada. Se diría que los ladridos nocturnos de su teckel desencadenaban en él toda una serie de movimientos reflejos, como en los experimentos del doctor Paulof. Con la diferencia de que en el castillo de Malvenor era el perro el que lograba que se le cayese la baba al hombre, con la esperanza no de una golosina sino de un ectoplasma.

Primer tiempo: incorporarse a medias, para colocarse en posición de observador-atento.

Segundo tiempo: ponerse las gafas, para ver mejor.

Tercer tiempo: coger la perilla, por si acaso.

Esos tres distintos movimientos fueron ejecutados en unos segundos. Si el sueño había sido profundo, el despertar fue impresionante.

La resurrección brutal del profesor Dushsnock me produjo un nuevo choque, al tiempo que los efectos de las *Guinness* empezaban a dejarse sentir cada vez más. De cerveza en cerveza y de choque en choque, me entró hipo. Un hipo horrible porque, además, yo me preguntaba si aquel hipo pegaba mucho con mi papel de fantasma. Y cuanto más miedo tenía, más hipo me entraba. Por su culpa me quedé como atornillado en el suelo, atontado.

Por su parte, el profesor Dushsnock tenía un aspecto de lo más raro. Su fea cara reflejó al verme la sorpresa más grande que pueda imaginarse. Ya puede uno estar esperando un ectoplasma todas las noches y hacer lo imposible por cazarlo, que cuando viene, ¡vaya si se pega un susto! La fe, rara vez es tan profunda como uno cree.

Pero enseguida la felicidad iluminó aquella cara tan poco favorecida, hasta casi hacerla bella. ¡Ese fantasma que los especialistas negaban que el profesor Dushsnock pudiese impresionar en la placa sensible de su cámara, había, por fin, acudido a la cita! Y se mostraba, incluso, con tal volumen, con tal densidad, con tal simpatía, que hacían de él un ectoplasma de primera categoría y particularmente complaciente. ¡Daría una foto excelente!

Porque, claro, un fantasma que ha empinado demasiado el codo ¿no es más opaco que un fantasma en ayunas? ¿No es de una constitución tal que permite un estudio más serio?

Al encanto siguió la inquietud, la perplejidad, la ansiedad... y en medio de mis hipos vi aparecer el espanto en la cara del profesor. Es posible que mi propio miedo fuese un miedo comunicativo. Aunque, más bien, yo creo que el gran responsable del miedo que le entró al profesor fue mi ataque de hipo.

El profesor Dushsnock, sin duda, había leído, aprendido y retenido un montón de detalles, tan precisos como apasionantes, acerca de fantasmas, ectoplasmas, resucitados, duendes, trasgos, diablillos y demás espíritus, y era seguro que muchas veces se habría imaginado cómo sería el primer ectoplasma que, tal vez, tendría él la suerte de fotografiar por primera vez en la historia. Huésped de Malvenor Castle, seguramente habría previsto las apariciones «clásicas»: el

Arthur-sábana con dos agujeros negros para los ojos y con la típica cadena; el Arthur-esqueleto con mandíbula caída y efectos sonoros variados; el Arthur con gorguera estilo isabelino y espada atravesándole el corazón...

Pero un Arthur con calzas, un Arthur siglo XV cuyo traje llevaba todo un siglo de adelanto con respecto al programa, y sobre todo, sobre todo, un Arthur sacudido por un ataque de hipo... ese Arthur echaba por tierra todas las previsiones y, evidentemente, producía una cierta desazón.

Allá por el año 1900, queridos niños, la gente creía en el sentido común. Y pidiendo sentido común en su vida diaria, se lo exigían, con mayor razón, a sus fantasmas.

Cuanto más hipaba yo, más se descomponía el profesor Dushsnock. Mientras el teckel seguía ladrando hasta desgañitarse, un terror espantoso se iba apoderando del profesor, que tenía frente a sí una borrachera de ultratumba. Todo lo que había estudiado el profesor Dushsnock respecto a los fantasmas ¿no serían más que pamplinas? ¿Le habrían ocultado, en materia de ectoplasmas, algunas particularidades esenciales?

A punto de darle un ataque de nervios, el pobre Dushsnock, se metió de pronto debajo de las sábanas, uniendo sus gritos lastimeros a los aullidos del perro.

¡Se había olvidado de apretar la perilla!

Yo estaba completamente desconcertado. ¿Qué diría Winston?

No me quedaba otra opción: con pasos un poco temblorosos me adelanté y cogí la perilla; volví a colocarme frente al objetivo y, aferrando con mi mano derecha, crispada, el boliche de ocasión, apreté la perilla con la otra, cerrando instintivamente los ojos.

Un intenso fogonazo blanco impresionó mi retina,

a pesar de la protección de los párpados cerrados. Solté la perilla y eché a correr.

Cogiéndole, al pasar junto a él, la vela que llevaba Winston, le dije en voz baja precipitadamente:

—¡No ha salido como habíamos previsto...!

—¿Cómo? ¿Qué ha pasado?

—¡Le entró tanto miedo que he tenido que fotografiarme yo mismo!

Un estridente «¡Socorro!» del profesor Dushsnock nos hizo comprender que nuestra conversación ya duraba demasiado. Así pues dejé que Winston se las arreglase como pudiese.

Ya me había tragado los primeros peldaños de la escalera lo más rápido que pude, cuidando de que no se me apagase la vela, cuando resonaron detrás de mí los gritos horrorosos de Winston.

—¡Socorro, profesor Dushsnock! ¡He visto a Arthur con una espada grandísima! ¡Socorro!

Los gritos de Winston me trajeron a la memoria su recomendación y, sin dejar de bajar las escaleras, lancé unos cuantos «¡Húuu! ¡húuu! ¡húuu!» muy logrados; tanto, que yo mismo me di miedo y mi representación acabó con un quejido sofocado.

Allá arriba, el profesor Dushsnock y Winston, temblando cada uno entre los brazos del otro, debían ofrecer a Júpiter un espectáculo pintoresco.

Al cruzar la cocina tuve la impresión de una presencia detrás de mí: ¡era el teckel!

Me detuve y también él cesó en su trotecillo. Seguí andando, y él reemprendió su marcha rampante.

La presencia de aquel chucho era de lo más inoportuno. Si me seguía hasta la torre, no me dejaría sino para regresar con gente. Hice por asustarlo, pero los teckels no tienen miedo de los fantasmas porque no saben lo que es eso. Desde el momento mismo de despertarse, había sido un hombre y no otra cosa lo que él había olfateado. Lo único que conseguí con mis

tentativas de intimidación fue un concierto de ladridos frenéticos. La situación empeoraba de minuto en
minuto.

Entonces divisé en la fresquera un muslo de pavo
casi reducido al hueso, y se lo arrojé al perro. Pero,
con el hueso en la boca, continuó persiguiéndome.
Era un teckel de ideas fijas...

Hasta mí llegaban rumores muy alarmantes. Entre
el profesor Dushsnock, Júpiter, Winston y yo, habíamos despertado a todo el castillo.

El último choque lo recibí cuando lady Pamela,
cuya habitación sólo se hallaba separada de la cocina
por el gran comedor, empezó a gritar:

—¿Qué sucede? ¡Acabo de oír la voz de Arthur! ¡La
he reconocido! Arthur, ¿dónde estás? ¿Por qué te
escondes? ¡Arthur! ¡Jú ju!

De un momento a otro, la gente acudiría a la
habitación de lady Pamela... Era urgente encerrar al
teckel en algún sitio o atarlo a lo que fuese... Pero
¿con qué?

Me volvía loco. El rumor parecía aproximarse. A
tres pasos de mí, el perro roía el hueso, que aún tenía
adherido un apetitoso trozo de carne... Cambiando de
táctica, susurrando palabras cariñosas, me aproximé
suavemente al teckel, me lancé repentinamente sobre
él y conseguí agarrarlo por el collar. Y me apresuré a
encerrar en la fresquera aquella bestia feroz que no
había soltado el hueso.

En el momento de largarme sin más explicaciones,
yo iba pensando que Júpiter atraería enseguida a la
gente a la cocina, y que mi cena en la despensa debía
—una vez más— esperar tiempos mejores. ¡Era deses-
perante! ¡Me moría de hambre!

Era demasiado fuerte la tentación de coger, al
menos, un entremés. Abrí de nuevo la puerta de la
fresquera y logré, tras no pocos esfuerzos, arrancarle

el hueso al chucho, al que volví a encerrar, aullando de rabia.

¡Ya era hora de correr a esconderme en el desván!

Allí me dediqué a roer mi hueso con amargura. Embotado mi espíritu por los resabios de la cerveza, aún me quedaba, no obstante, suficiente sentido común como para darme cuenta de lo comprometido de mi situación. Era la segunda noche que pasaba con el estómago casi vacío en aquella prisión, dorada para algunos y sin su baño de plata para otros, disputándome la comida con un perro, expuesto continuamente a una catástrofe; y la amistad de Winston —bastante interesada, por lo demás, esa era la verdad— esa amistad era un peligro más. ¡Me encontraba preso en el castillo y a merced de Winston! ¡Qué lejos estaba todavía el domingo siguiente, que sería el día de mi evasión!

Presa de las más negras inquietudes, me fui a dormir a mi baúl de mimbre, que me daba una irrisoria sensación de seguridad.

8 *Lord Cecil sale a cazar fantasmas*

POR LA MAÑANA, como todo parecía muy tranquilo, fui a dejar el boliche en su estuche. A la plena luz del día, el retrato de cuerpo entero de Arthur y su poney, por un precursor de Van Dyck, tenía un aspecto diferente. La cara del muchacho parecía más alegre y la mirada del poney más viva.

Un poco más sereno bajé a sentarme en mi escalón habitual, para escuchar una vez más el eco de las conversaciones de la cocina. Era de nuevo la hora del desayuno, con sus ruidos familiares, sus buenos olores, y la voz fuerte de la señora Biggot que decía:

—... La basura la sacará más tarde, Kittie.

—¿Y eso?

—Pues porque las dos puertas del castillo van a estar cerradas con llave hasta mediodía, y las llaves las tiene James en su bolsillo.

—¿Y a santo de qué, señora Biggot?

—Un capricho de milord Cecil... Su Excelencia opina que el fantasma fotografiado esta noche gracias al talento y a los conocimientos del profesor Dushsnock, no es sino un fantasma de carne y hueso.

—¡Pero si los fantasmas no tienen ni carne ni hueso!

—Yo no he dicho eso.

—Le aseguro que no entiendo nada, señora Biggot.

73

—Su Excelencia ha reflexionado mucho sobre el asunto, Kittie, y ha llegado a la conclusión de que un muchacho ha debido de colarse en Malvenor con los visitantes del domingo último, y que desde entonces está viviendo en el castillo... ¡Una especie de polizón, vaya!

—¡Pero eso es absurdo! Un pillastre de esa calaña sólo pensaría en esconderse. Y, desde luego, lo último que se le ocurriría sería fotografiarse. ¡Y fotografiarse, vestido de fantasma!

—¡Evidente, mi querida Kittie! ¡Pero vaya usted a hablarle de evidencias a milord Cecil, ya verá cómo la recibe! En todo caso, en cuanto su Excelencia haya acabado de arreglarse y en cuanto terminemos los desayunos, Malvenor Castle va a ser registrado de arriba abajo, rincón por rincón. ¡Y todavía más!: Mac'Farlane, Gedeón, Mac'Intosh y los jardineros que estén aquí hoy van a montar guardia alrededor, vigilando los tejados, en los que nuestro polizón podría buscar refugio durante la cacería. Milord Cecil quiere su fantasma «vivo o muerto», según su propia expresión. ¿Se da usted cuenta...?

¡El que me daba cuenta era yo...!

No tuve valor para oír más y me di prisa en volverme al desván, en donde me devané desesperadamente los sesos buscando un escondite seguro. Pasó, tal vez una hora, en medio de indescriptibles angustias. Como me pescasen, lord Cecil y el profesor Dushsnock, cada uno por diferentes razones, me iban a dar el mismo trato que, desde luego, no dejaría de ser de lo más bárbaro. Y no sería Winston quien me sacase de apuros: ¡bastante tendría que hacer él para librarse de los palos!

En el límite ya de mi resistencia, me arrodillé, junté las manos y elevé los ojos al cielo. Mi mirada se detuvo en una enorme viga, a seis metros por encima de mi cabeza. ¿Sería aquella la respuesta a mi plegaria?

La viga se cruzaba en ángulo recto con otra del mismo tamaño, y aquella maciza cruz de roble soportaba todo el armazón de la techumbre. ¡Si yo pudiese subir hasta allí...! Pero ¿cómo?

La pared, blanqueada con cal hacía ya mucho tiempo, era demasiado lisa como para trepar por ella. Ninguna escalera, ningún mueble permitía la ascensión.

Fue entonces cuando descubrí, tiradas en el suelo, las velas desgarradas de una pequeña embarcación, y aparejos y cordajes marineros, testigos, sin duda, de los tiempos en que los señores de Malvenor paseaban en barco por el lago. Todo consistía en relacionar las cuerdas con las vigas, y cabía la posibilidad de que mis perseguidores no pensasen en ello.

Até mis viejos zapatos al extremo de una cuerda y, después de numerosos intentos infructuosos, conseguí pasar el proyectil por encima de la viga. Una vez fijada la cuerda a la viga por medio de un nudo corredizo, ya podía trepar sin dificultad.

No podía abandonar en el suelo mi disfraz de trovador pues hubiese revelado mi presencia. Pero no había ningún peligro en desperdigar mis andrajos de viaje, mis zapatos y ropa interior superflua, entre otras viejerías por el estilo. Quedaba el problema del hueso de pavo, tan comprometedor como mi traje siglo XV.

Después de madura reflexión trepé por la cuerda, llevando entre los dientes el hueso que, por lo demás, la víspera lo había dejado tan limpio como lo hubiese hecho un regimiento de hormigas. Una vez bien instalado sobre la viga, solté el nudo corredizo y oculté la cuerda y el hueso en un escondrijo del maderamen. Luego, me acosté sobre una viga, cerca del muro, donde las vigas me parecían más anchas y mayor la penumbra. ¡Por primera vez, mi delgadez podía serme útil!

Y allí aguardé mi suerte, más muerto que vivo. ¿Habría olvidado tomar alguna precaución? ¿Lord Cecil y su jauría llevarían la cacería hasta las vigas? En la seguridad de que acabarían pescándome... ¿no se traicionaría Winston y me traicionaría a mí mismo? Esas preguntas me daban fiebre.

A medida que el sol subía al cenit, la luz se hacía más igual y el calor más agobiante. Al final de la mañana la tropa irrumpió en la torre, el jaleo del registro fue subiendo de piso en piso, y de repente, en medio de un gran ruido de pasos, la voz de lord Cecil en persona retumbó en el desván:

—¡No está en ningún otro sitio, luego tiene que estar aquí! ¡Eso es matemático! ¡Buscad bien! Mirad todos los baúles, todos los muebles, revolved todos los montones de ropas... Y no olvidéis las velas de nuestro *Elseneur*, allá al fondo. ¡Hay que acabar con esto! ¡Es un escándalo! ¡Nunca se ha visto audacia igual!

La furia de Lord Cecil me hacía temblar de miedo.

Al cabo de un larguísimo cuarto de hora oí un carraspeo, y la voz del mayordomo que hizo esta observación:

—Su Excelencia puede comprobarlo, lo mismo que todos nosotros: ese bribón no está aquí.

—¡Ya lo veo yo también! Pero entonces, ¿dónde demonios puede estar?

Hubo un silencio, y luego se oyó la voz de lord Cecil:

—¿Qué está usted mirando, James?

—Esas gruesas vigas, ahí, encima de nuestras cabezas, Excelencia. Un diablillo despabilado podría haberse escondido en ellas...

—Suponiendo que tuviese una escalera... Si usted es capaz de subir una de ocho metros por la escalera de caracol, le permito que suba a ver. ¿O será, tal vez, que su diablillo tiene alas, James?

El corazón, que se me había parado, se puso de nuevo a latir.

—Su Excelencia tiene razón una vez más. He dicho una tontería. Pero lo que pasa es que ya no sé ni lo que digo...

—¡Pues entonces no diga nada, qué diablos!

Después de un nuevo silencio, la voz del marqués de Malvenor retumbó más irritada todavía:

—Y todavía hay otro misterio que me gustaría mucho aclarar... Porque ¡diantres! si no hemos encontrado a ese granuja, al menos deberíamos haber encontrado —después de registrar todo como lo hemos hecho— el muslo de pavo que ha robado... ¡Un muslo tan magnífico con una buena libra, más o menos, de carne, no se volatiliza así como así! ¡Por lo menos queda el hueso...! Ya sé que en la fresquera había un chucho de más y un hueso de menos, pero ese perro no se ha comido el hueso: ¡Le estaría asomando por la boca o por el trasero!

Una voz tímida se apresuró a confirmar el diagnóstico:

—Su Excelencia tiene razón mil veces. Mi Júpiter es incapaz de hacer eso. ¡Yo respondo de Júpiter como de mí mismo, Excelencia!

—Pues ya que usted responde tan bien de su perro, Dushsnock, ¿quiere explicarme qué diablos estaba haciendo anoche a la una y cuarto de la madrugada en la fresquera de la cocina? ¿Es ése el lugar de un *salchicha* de preceptor? ¿De un *canem-canem materculae suae*?

Ante ese ataque un tanto rudo, la voz del profesor Dushsnock se embarulló:

—Esto... de un tiempo acá, ocurren muchas cosas... esto... cosas raras en Malvenor Castle, Excelencia...

—¡Ah, pues muchas gracias por hacérmelo saber!

—El asunto de la manzana de lady Pamela, el prodigioso desplazamiento de su sillón de ruedas, el encierro de Júpiter y la desaparición concomitante del hueso de pavo, los horribles gritos que oímos después del fogonazo del magnesio... todo eso no puede tener más que una sola y misma causa... una sola y misma explicación...

—¡Deje de hablar para no decir nada! Demasiado conozco ya sus teorías. Creeré en ellas cuando los fantasmas coman pavo; y me parece que todavía no hemos llegado a eso...

A pesar de habérsele dicho que dejase de hablar de ese tema, el profesor Dushsnock tuvo el valor de replicar. Era el valor de los humildes, de los convencidos que defienden los derechos de su conciencia y de su ciencia frente a la autoridad constituida. ¡El profesor Dushsnock había consagrado a las ciencias ocultas las mejores horas de su vida, y nadie le taparía la boca en ese tema!

Con una voz cortés, suave y comedida, una voz adecuada para los diálogos enriquecedores, pero una voz que dejaba ver la más meritoria y la más inquebrantable firmeza, el profesor Dushsnock insinuó:

—El hueso de pavo ha podido desaparecer por levitación, Excelencia.

La curiosidad impulsó a lord Cecil a entrar un instante en el juego:

—¿Por levitación? ¿Qué entiende usted por eso?

—Existe levitación (de la palabra latina *levis*, que significa liviano, sin peso)...

—¡Gracias, profesor Dushsnock, pero todavía no he olvidado mi latín!

—¡Perdón, Excelencia! Naturalmente, yo lo decía por Winston... Existe, pues, levitación, cuando un objeto se mueve por una causa espiritual o demoníaca, o de *mediums*, o desconocida. Ese fenómeno ha sido estudiado por numerosos especialistas y está más que de sobra confirmado por una multitud de testigos de buena fe...

—*Veritatem similier ludificant bona fides aut mala fides!*

—¡Winston! Traduzca lo que acaba de decir su señor padre con un lenguaje tan claro.

—Esto... pues que tanto la buena fe como la mala fe se burlan por igual de la verdad.

—Está bien. Estaba yo diciendo *ex bona fide*, con toda buena fe, que existe levitación vertical y levitación horizontal; levitación circular y levitación oblicua... El desplazamiento del sillón de ruedas de lady Pamela es un ejemplo de levitación horizontal. Y...

—¿Y el brinco de su Júpiter para meterse en la fresquera? ¿También eso es un caso de levitación? ¿Eh?

—¡No puedo por menos de creerlo, Excelencia!

—¿Y ese ridículo fantasma sin cabeza que se fotografía a sí mismo con la perilla en la mano? ¿Quiere usted que yo me trague que es un verdadero fantasma?

—Ya he explicado, Excelencia, que yo no soy responsable en modo alguno de ese pequeño defecto de encuadre. El ectoplasma de lord Arthur ha actuado como ha querido, con la típica libertad de esta clase de apariciones... Al revelar esa foto sorprendente, cosa que me apresuré a hacer anoche mismo, yo fui el primero en quedarme atónito.

Mi extrañeza no era menor. En mi precipitación, me había acercado demasiado, sin duda, al objetivo. Pero no lo lamentaba. Si mi cara hubiese aparecido en la foto, James habría podido reconocerla, lo cual, seguramente, le refrescaría la memoria el domingo próximo, día previsto para mi evasión. El azar me había librado de una grave imprudencia, en la cual ni Winston ni yo mismo habíamos pensado.

Lord Cecil comentó con un cierto buen sentido común:

—En fin, profesor Dushsnock, ya que usted pretende ser un entendido en esas supuestas ciencias ocultas, ¿puede usted decirme dónde ha visto anteriormente a un fantasma que, de la noche a la mañana, se comporte con la extravagancia con que lo hace nuestro Arthur, tan discreto durante generaciones y generaciones?

El profesor Dushsnock respondió con un buen sentido común, por lo menos igual:

—La ciencia es el estudio del pasado, Excelencia, el estudio de lo que ya ha sucedido. No es el estudio del futuro ni de las sorpresas que nos reserva. ¿Cómo prever los antojos de un fantasma, en una época en que todo se moderniza?

Winston, que estaría dándose cuenta de que la conversación tomaba un derrotero tranquilizador para sus intereses y para los míos, se atrevió a echar su granito de sal:

—Me parece, querido padre, que si el sinvergüenza ése que usted dice se hubiese comido el hueso de pavo, se habría atragantado. Y en vez del hueso habríamos descubierto un cadáver.

—Lógico, Winston. Pero como en todo este asunto no hay nada que sea lógico, me pregunto adónde nos lleva su lógica... Sin embargo, debo hacerle justicia en una cosa: Usted es el único en Malvenor, capaz de tragarse un muslo de pavo con hueso y todo, sin atragantarse y sin la más mínima molestia.

Hubo, no sé por dónde, unas risas rápidamente apagadas.

Winston se permitió añadir, con el tono más hipócrita y más inocente del mundo:

—Yo quería, simplemente, decir que si el ladrón no aparece, es, tal vez, porque nunca ha existido. El único ladrón en cuestión sería, por tanto, ese bribón de Arthur. Los hechos parecen dar la razón a mi buen profesor Dushsnock. Ahora bien, ¿la más grande de entre todas las virtudes británicas y escocesas no es, acaso, atenerse en primer lugar a los hechos? Usted sabe, querido padre, la dificultad que yo tenía en admitir las teorías del profesor Dushsnock —a pesar del profundo respeto que me inspira su saber—. Pero tengo que admitir que ahora estoy totalmente desconcertado.

—¡Gracias por defenderme con tanta firmeza, Winston! —dijo lord Cecil con ironía—. Pronto voy a ser el único en esta casa que conserve la cabeza sobre los hombros. ¡Hasta el mismo fantasma la ha perdido! Aunque, al paso que llevamos, me pregunto por cuánto tiempo seguiré todavía sano de espíritu...

»¡Bueno, ya hemos hablado demasiado de los ectoplasmas de Arthur y de volátiles! Bajemos a comer. Lady Pamela debe de estar preocupada...»

La caravana se puso en movimiento hacia la escalera, por donde fueron perdiéndose sus pasos.

¡Me había salvado! Aunque... ¿por cuánto tiempo?

9 En el que Winston empieza a creer en los fantasmas

MI MIEDO había sido tan espantoso que no me atreví a bajar todavía de mi estrecho e incómodo lecho. Con eso de irlo dejando para más tarde, permanecí allí varias horas. Siempre se oía en cualquier parte algún ruido que reavivaba mi pánico.

Mi prudencia fue recompensada: Comenzaba a caer el sol, cuando unos pasos furtivos me sacaron de mi somnolencia, bajo el tejado que desprendía más calor que un horno, en aquella altura adonde había ido yo a buscar refugio. Eran los pasos de un buscador solitario, que parecía registrar por su propia cuenta, dando grandes suspiros de cansancio. Pronto, en el colmo ya del nerviosismo, el visitante empezó a hablar solo, sin darse cuenta sin duda, y reconocí, con alivio, la voz de Winston:

—Pero, diablos, ¿dónde se habrá podido meter? ¡Tiene que estar aquí! ¿Se habrá escapado por algún agujero...? ¡Pero si aquí no hay agujeros...! ¡He sido un idiota al fiarme de ese vagabundo cojo! ¡Mira que la ocurrencia de robar un muslo de pavo! ¡Y la de encerrar al perro en la fresquera! ¡Y la de hacerse él mismo la foto... sin cabeza! Con lo tonto que es, ya verás qué pronto lo pescan. Es sólo cuestión de horas. ¡Y en menudo lío estaré yo metido! ¡Y todo por una traducción latina! ¡Qué estupidez más grande!

Esas reflexiones me dolieron, pero menos de lo que yo hubiese creído. No era el primer desengaño de esa especie que experimentaba, y en lo sucesivo sufriría mucho más, con toda clase de amigos. La mayor parte de los amigos tienen esto en común: que no se les debe escuchar cuando están hablando a solas...

No pude evitar la tentación de aprovecharme maliciosamente de mi situación discreta y ventajosa, y lancé algunos «Húuu... húuu» muy bajitos que, en aquella sala redonda y bastante grande, parecían salir de todas partes y de ninguna.

Muy aliviado por encontrarme al fin, pero también muy avergonzado por las cosas que, momentos antes, había dicho, Winston reaccionó con voz nerviosa:

—¿Es usted, John? ¡Ya era hora!

—¡Hú... hú!

—¡Sí, ya sé! Salga de su escondite. ¡Venga ya!

—¡Hú... hú!

—¡Vamos, John, que no tiene ninguna gracia!

—¡Hú... hú!

—¡Que no es momento para bromas, John!

—¡Hú... hú... hú!

—¡Déjese ver de una vez!

—¡Hú... hú... hú!

—John... ¿es usted?

—¡Hú... hú... hú!

—¿Es usted... o no?

—¡Hú... hú... hú... hú!

—No me da miedo ¿sabe?

—¡Hú... hú... hú... hú!

—¡Hace falta mucho más que eso para asustarme a mí!

—¡Hú... hú... hú... hú... hú!

—Por última vez, ¿quién está ahí?

—¡Hú... hú... hú... hú... hú!
—¿Hay... hay alguien ahí?
—¡Hú... hú... hú... hú... hú!
—¿Hay... de verdad... al... alguien?
—¡Hú... hú... hú... hú... hú... hú!

Con esas respuestas mías, poco variadas pero muy eficaces, había llevado al incrédulo de Winston al respeto por las ciencias ocultas. Como, por lo demás, esas ciencias eran muy confusas, no había mejor manera de tratarlas que con palabras confusas. Y Winston empezaba ya a tartamudear de una forma muy divertida.

Con un susurro apenas perceptible, me aproveché de mi situación:

—¡Soy Aaarthur!
—¿Qui... quién?...
—¡Arthur! ¡El *sinvergüenza* de Arthur! ¡Hú... hú!
—¿Sin... sinv... sinver...?
—¡Eso es lo que ha dicho usted aquí mismo, hace poco!
—¿Estaba usted aquí?
—¡Siempre estoy! ¿Por qué me ha llamado sinvergüenza, Winston? ¿Qué le he hecho yo?
—Esto... ¡glup!... nada, absolutamente nada. Yo dije eso... así... era una manera de hablar...
—Porque creía usted que yo era sordo ¿verdad? ¡Póngase de rodillas, Winston, y pídame perdón! Si no, va usted a desaparecer, igual que John, al que me he llevado conmigo...

Winston tuvo un momento de lucidez:

—¡John, es usted! ¡Maldito farsante!
—¡Hú... hú... hú! ¡Está usted empeorando las cosas! Pues bien, ahora irá a reunirse con John...
—¡No, por favor, eso no!

La lucidez de Winston había sido muy fugaz.

—Ya que usted no quiere reunirse con él, voy a hacer que vuelva John...

—¡Sí, sí, prefiero eso!

—Entonces, baje a mi habitación, coja mi boliche y manténgalo en la mano. ¡Como no lo haga, mando a John a que le cuente cierta cosa a lord Cecil!

—¡Voy corriendo, Arthur!

—«Arthur», no: «¡Excelencia!»

—¡Vo... voy corriendo... Excelencia... ¡Perdóneme!

—«¡Perdóneme, Excelencia!»

—¡Sí! ¡Eso, eso! ¡Adiós!

Tanta prisa tenía Winston por salir de aquel desván encantado, que ya no sabía ni lo que decía.

Yo tenía unas ganas enormes de salir de una vez de mi escondite, y de gozar con la confusión de aquel egoísta. Pero la dura escuela del señor Bounty me había enseñado que no hay que herir inútilmente el amor propio de los demás. Siempre debemos dejar una puerta de salida a nuestros adversarios en desgracia. Como dicen los chinos, «no hacerles perder la dignidad». En 1927, en Hong Kong, en el castillo *Las Golondrinas Frioleras*, del millonario cantonés Ja-Wong Li-sang, pude constatar una vez más la importancia de esa máxima. Pero eso —como decía el llorado Kipling— eso es harina de otro costal...

Usé de nuevo la cuerda y me deslicé hasta el suelo del desván, dejando en su sitio el nudo corredizo, para un caso de urgencia.

El susto y el calor que había pasado me habían hecho sudar tanto dentro de mi apretado traje de trovador, que experimenté la irresistible necesidad de quitármelo y ponerme otro más conforme con la estación: túnica romana adornada con franja de púrpura, que destacaba una barbaridad sobre la blancura de aquella fina tela. Y luego, sandalias ligeras y corona dorada de laurel.

Entonces me apresuré a reunirme con Winston, que, suponía, me estaría esperando en la habitación de Arthur.

Winston estaba tremendamente nervioso. Con el boliche en la mano y sin saber qué hacer con él, parecía una gallina bien cebada frente a un cuchillo de cocina.

Para evitar enojosas explicaciones —o, en todo caso, para atrasarlas lo más posible— tomé enseguida la iniciativa de las preguntas:

—¿Pero qué hace usted ahí con el boliche, Winnie?

—Esto... pero... ¿y usted cómo sabía que yo estaba en esta habitación?

—Pues muy sencillo, porque he reconocido sus pasos que acaban de despertarme.

—¡Lo que faltaba! ¿Y dónde dice que estaba durmiendo?

—Justo en la sala de abajo, encima de un saco de trigo.

—¿Qué?

—Sí; en el desván hacía tanto calor anoche, que me vestí algo más ligerito y me fui a dormir dos pisos más abajo. ¿Por qué se extraña de esa forma?

Winston había conseguido llevar la iniciativa de las preguntas, pero al precio de un asombro sin límites.

—¡Veamos, veamos, John! ¡Yo debo de estar soñando! Esa despensa de granos y harina, de la que usted dice que ha salido, ha sido registrada poco antes del mediodía por todo el personal del castillo, bajo la dirección de mi padre y en presencia mía. ¡He visto claramente que usted no estaba allí!

Ahora me tocó a mí aparentar la mayor sorpresa del mundo:

—¿Qué quiere que le diga, Winnie? Yo estaba dormido... ¿Y a qué venía ese registro?

—¡Cómo que a qué venía! ¡A cuenta de todas sus extravagancias! Ha sido algo horrible. Mi padre y James no son tan ingenuos como el profesor Dushsnock. ¡No me va a decir ahora que ni se ha enterado de la revolución general que se ha armado!

86

—Yo estaba dormido... Y después de las emociones de mi visita al fotógrafo, debía de estar como un tronco.

—¡Que me voy a creer yo eso!

Yo me devanaba los sesos para encontrar una explicación verosímil, que no me obligase a descubrir mi estancia en la viga.

—¿No será, acaso, la *Guinness* que me ha hecho invisible?

—¡Le juro que a mí nunca me ha producido ese efecto!

—¡Ya lo tengo! ¡El fogonazo del magnesio! ¡Tiene que haber sido el fogonazo!

—Se está usted burlando de mí, John. Y me pregunto por qué...

—¿Qué sabe usted, Winnie, de las virtudes del magnesio incandescente? ¿Por qué la violencia del fogonazo no va a poder borrar por algún tiempo los contornos y los colores? Debo de haberme puesto demasiado cerca del objetivo... En el fondo, ¿qué sabe usted acerca del misterioso magnesio?

—Yo... pues lo que el profesor Dushsnock dice... Es un metal raro, todavía poco conocido y utilizado.

—¿Lo ve?

—Es cierto que el profesor Dushsnock ha sido uno de los primeros —si no el primero— en usar el magnesio para hacer fotos nocturnas. Cuando uno juega a pionero sin la suficiente cultura, siempre pueden ocurrir sorpresas...

—¡Evidentemente!

Winston estaba visiblemente anonadado. Tanto más cuanto que la explicación científica debió parecerle absolutamente más convincente que la explicación fantasmagórica. Allá por el 1900, la ciencia convencía a todo el mundo...

—Sin embargo, mi querido John, cuando usted salió de la habitación del profesor Dushsnock, no era invisible...

—Seguramente será eso que llaman «efecto retardado».

—Esto... sí, claro, puede ser. Y como los criados no apartaron todos los sacos de grano de la despensa...

—¡Ahí está! ¿Lo ve?

De pronto Winston se pegó un manotazo en la frente...

—Ahora me estoy acordando de una cosa, John. Fíjese, cuando en una ocasión el profesor Dushsnock fotografió a su perro por un error, el animal desapareció durante toda la noche. El profesor, hasta llegó a preocuparse mucho.

—¿Lo ve? ¿Lo ve?

—Sí señor. Es un hecho, John. Debo reconocerlo.

—Y no sería que Júpiter se espantaría por el fogonazo?

—¡No, no! Debió de ser el efecto del magnesio. ¡Ahora me atrevería a jurarlo! En medio de todo ¡qué suerte más grande hemos tenido! Un poco más y... Sus extravagantes torpezas ahora hasta nos favorecen, puesto que no le han descubierto. Mi padre y James tendrán ahora la razonable certeza de que ningún vagabundo de carne y hueso se hospeda en Malvenor Castle; lo cual nos da, si usted no hace más tonterías, una tranquilidad inesperada.

»Pero ¡vaya si he pasado miedo! Durante el minucioso e interminable registro no tenía ni un solo pelo seco. ¡He debido adelgazar tres o cuatro kilos!... Pero, en fin, dejemos eso...

»Sin embargo, explíqueme por qué encerró a Júpiter en la fresquera de la cocina, en el lugar de un muslo de pavo. La cosa me intriga. Después de todas mis recomendaciones y de todas sus promesas, ¿qué diablos le ocurrió?»

Para comprender el motivo de mi ratería —de la que estaba muy avergonzado— se necesitaba haber experimentado un hambre distinta de la del honorable Winston. No tuve valor para confesar una acción tan vergonzosa. Y como era difícil hablar del perro sin hablar del hueso, tomé simplemente el partido de hacerme el inocente:

—¡Pero qué está usted diciendo! ¿Que yo he puesto un perro en lugar de un hueso en una fresquera?

Winston pegó un bote:

—¡Cómo! ¿No ha sido usted?

—¿Por qué iba yo a hacer eso? ¿Quiere usted explicármelo?

—¡Eso es lo que le estoy preguntando yo!

—Pues si a los catorce años no encuentra usted ninguna explicación razonable ¿cómo voy a encontrarla yo a los doce?

Winston estaba aterrorizado. El boliche, que distraídamente seguía teniendo en la mano, pareció de repente como si le pesase y lo volvió a meter en su estuche.

Finalmente balbució:

—Eso que me está usted diciendo... John... es... es algo muy grave.

La reacción de Winston me sorprendió, pero enseguida comprendí la causa, no sin un poquillo de alegría, que logré disimular.

—Si no ha sido usted, John... ¿quién... quién cree que... ha podido ser?

—¡Ni idea!

—¡Sí que lo sabe! —gritó—. Sólo que no se atreve a decirlo.

En lugar de reírme puse cara de muerto de miedo y murmuré casi sin respiración:

—¿El... el sinvergüenza de Arthur?

. —Eso parece...

—¡Pero usted no cree en los fantasmas, Winnie!

—Como dice Hamlet, en este sucio mundo existen muchas más cosas además de las que nos enseña la filosofía. Y ¿por qué —después de todo— no puede haber algo de verdad en esas viejas leyendas que corren acerca de nuestro Arthur?

—¡Me da usted miedo, Winnie!

—Que quede entre usted y yo: ¡hasta he tenido la impresión, hace un momento, de que Arthur me hablaba... en el desván!

—¡Ay, madre!

—¡Sí, señor! Ya casi me había convencido a mí mismo de que, simplemente, había padecido una especie de alucinación auditiva. Pero después de haber oído lo que acaba de decirme, ya no me parece razonable dudar más.

—¡Me da usted mucho miedo, Winnie!

Winston se acordó de su edad superior a la mía y se puso tieso:

—Bueno... ¿sabe usted?... en fin, tampoco hay que dramatizar. Arthur nunca ha hecho mal a nadie. Es un fantasma... de la familia. Un poco inclinado a las bromas, sin duda, ... pero eso es porque fue asesinado a una edad en la que uno sólo piensa en divertirse.

—¡Hasta jugaba al boliche!

—Cierto. Y es normal que un muerto juegue con huesos... aunque sean huesos de pavo.

—La costumbre, claro... Me ha tranquilizado un poco, Winnie. ¡Ay, lo que es el ser mayor!

Winston se hinchó como un pavo, y de pronto le entró una tierna solicitud por mí:

—¿Pudo cenar anoche con todo el jaleo que hubo?

—¡Ay, Winnie, no! Pero en fin, ya no es hora. Lo que me estoy yo preguntando es que cómo ha podido subir hasta aquí sin que le vea la señora Biggot...

—Muy sencillo: la caza del fantasma nos ha condenado a una comida fría —como las cenas de los domingos, después de las visitas. En consecuencia, servicio rápido y vajilla reducida. Van a ser las tres de la tarde. La cocina estará desierta todavía una hora larga. Ahora estoy mucho más libre porque el profesor Dushsnock me deja totalmente en paz: está demasiado ocupado en sacar un montón de copias de su fotografía histórica, para enviarlas a sus colegas, a los periódicos... ¡qué se yo! Ahora vive como en estado de trance... La despensa, pues, está abierta... Si es que el cuerpo le pide algo. Yo mismo... en fin, que no me disgustaría mucho tomar un pequeño suplemento...

¡Aquello era demasiado bonito para ser verdad!

10 *Dos inocentes jovencitas, en peligro de marido*

En la despensa, amablemente aconsejado por Winston, y acallando por una vez casi todos mis escrúpulos, me pegué la comilona más inolvidable de toda mi vida. Verdaderamente, para encontrar placer en el comer es necesario haber sufrido hambre durante largo tiempo. Nunca más, en toda mi vida, volvería a conocer satisfacción igual. Pero en fin, omitiré los detalles de aquel rápido festín, por consideración a todos los niños que, todavía hoy, pasan hambre.

Mariposeando de manjar en manjar, dispuse de todo el tiempo que quise para contarle a Winston a través de qué cúmulo de imprevistas circunstancias me había visto obligado a sacarme la foto yo mismo, pensando obrar bien; Winston tuvo que reconocer que, seguramente, él mismo no lo habría hecho mejor.

En cuanto a la falta de cabeza en la fotografía —detalle del que aparenté enterarme entonces— los dos coincidimos en que, en el fondo, era un bien.

Winston se iba sosegando poco a poco, y yo mejoré todavía más su humor al preguntarle por su traducción latina.

—¡Un verdadero éxito, mi querido John! Se lo debo

a usted, y le doy las gracias. El profesor Dushsnock corrigió hacia las 8 de la mañana mi traducción, deprisa y corriendo, en tres minutos, y me ha plantado un cero, mi mejor nota en latín hasta ahora.

—¿Se está burlando, Winnie?

—¡Ni mucho menos! Cuando los alumnos están flojos, hay que ponerles notas *bajo cero*. De otro modo tendrían una idea falsa de su propio valer, lo que sería un mal para ellos. Por lo menos, eso es lo que dice el profesor Dushsnock, que ha convertido a mi padre a su teoría... He trabajado como un negro para pasar de menos cuarenta y cuatro, a menos doce. ¡Pero no esperaba llegar tan pronto a cero...!

Felicité a Winston por su prematura hazaña y le dije que me alegraba mucho de que el humor del profesor Dushsnock fuese tan favorable.

—¡El profesor está en el mismísimo cielo, John! Ahora sueña con la fama. Y se ha sentido muy halagado al comer con nosotros.

—¡Ah! ¿Pero es que no come habitualmente con su padre?

—El profesor es más que un *criado*, pero no es exactamente un *huésped*. Por eso, ordinariamente come en su habitación, con su perro. Pero esta mañana... sólo era una comida fría, sin etiqueta. Y a mi padre le apetecía la idea de interrogar a un especialista en fantasmas. ¡Hasta le ha pedido al profesor Dushsnock que le preste algunas obras básicas sobre los ectoplasmas...!

El repentino cambio de lord Cecil era muy significativo, y casaba muy bien con el de Winston.

Pregunté por lady Pamela.

—¡Oh, está entusiasmada, mi querido amigo! El cochero había hecho correr el vergonzoso infundio de que había sido ella misma quien había mordido la manzana y dando un empujón a su sillón de ruedas con el bastón, sin darse cuenta de lo que hacía...

Afortunadamente, su fotografía, que todo el mundo se quitaba de las manos durante la comida, pone fin a todas las sospechas. ¡Y es a ella, a tía Pamela, a la primera a quien Arthur ha visitado! Desde luego espera una nueva visita... ¡está absolutamente convencida!

»Incluyéndome a mí, John, usted ha hecho feliz de golpe a tres personas. ¡Lo que hace falta es que eso dure...!»

Aún nos quedaba tiempo para hacer otra visitita a la bodega, en la que Winston bebió una *Guinness*, mientras que yo me contentaba, prudentemente, con agua mineral.

Después de tantos sobresaltos, el alivio invitaba al buen humor.

—¿Sabe, Winston, lo que a los turistas del domingo les gustaría ver en esta bodega? Un gran tonel de Burdeos, y en el fondo un palmo de vino, cosecha 1300. ¡Y flotando encima, el sombrero de Mallory, capitán de la guardia!

Winston se rió con todas sus ganas...

—¡Sería un espectáculo magnífico, John! Pero, lo mejor es enemigo de lo bueno. Estamos trabajando ya al límite...

Pregunté, por educación, por sus hermanas a Winston, que puso una cara más larga...

—Están muy nerviosas. Pero no es precisamente Arthur quien las trae a mal traer, sino la inminente llegada del pretendiente de ambas que viene a pasar aquí unos días con nosotros.

—¿El pretendiente *de ambas?*

—Sí. El es incapaz de distinguirlas... Como son tan gemelas...

—Pero bueno, ¿cuál de las dos se va a casar con él?

—¡Y eso qué importa! ¡Con tal de que cargue con las dos!

—¿Cómo?

Winston, que acababa de terminar su cerveza, parecía dudar en contarme más detalles. Finalmente se decidió y prosiguió en voz muy baja:

—En prueba de la total confianza que usted me merece, John, le voy a confiar un secreto de familia que vale más que el oro. Ese pretendiente, un tal Babilas Truebody, que ni siquiera es escocés pero que ha hecho una gran fortuna en las afueras de Birmingham fabricando botones de pantalones, se casará con Alice o con Agatha —que no llevarán dote alguna— por puro esnobismo. Y las gemelas se irán turnando en su casa, la una después de la otra, cada nueve meses. Como las dos se parecen hasta el punto de confundirse, ningún extraño se dará cuenta de la maniobra.

»¿Se da usted cuenta de las ventajas de ese apaño? Mi padre, que está arruinado, «coloca» honorablemente a sus dos hijas a la vez. Truebody mata dos pájaros de un tiro por el mismo precio, como buen zorro viejo que es. Y en cuanto a mis hermanas, más cuenta les trae estar casadas un día de cada dos, que aburrirse en el celibato...»

Yo estaba francamente horrorizado. ¡Oh, qué pavoroso destino les aguardaba a aquellas dos muchachitas tan llenas de frescor, a las que poco antes había estado yo viendo jugar al *badminton* en el césped florido, con sus lindos trajecitos rosas!

Con un miedo fácil de comprender, pregunté la edad del pretendiente.

—¡Oh, no mucho más de medio siglo!... Pero con luz favorable, con corsé y con peluca, no se le echaría más de cuarenta y nueve años.

Mi horror había llegado al colmo. Con mi inexperiencia del mundo —¡y, con mayor razón, del gran mundo!— no podía darme cuenta de que Winston se estaba burlando de mí, con el aire más serio del mundo. Semejante pretendiente ya era demasiado para una gemela sola. ¿Qué necesidad había de prometerle las dos?

Si yo hubiese sido más perspicaz, habría captado la profunda razón psicológica: Winston se defendía con el humor, de la pena que sentía ante la idea de que una de sus hermanas tendría que casarse con un hombre al que no quería. Winston bromeaba lúgubremente, para no llorar.

Al ver mi cara de horror, añadió:

—Tranquilícese, mis hermanas no tendrán que aguantar mucho a ese tipo que apesta a cuadra, a naftalina y a tabaco. ¡Menuda vida dura le van a dar! ¡No creo que dure mucho!

—¡Tenemos que impedir semejante matrimonio, Winnie! —grité.

—Pero ¿qué se puede hacer sin dinero? Primero se vende la vajilla de plata y después se venden las hijas... Así es la vida. La aristocracia, John, rara vez se casa por amor. El amor, la despreocupación, son privilegio del pueblo, que no sabe lo feliz que es. A lady Pamela, sin ir más lejos, la casaron cuando tenía quince años con un coronel del ejército de la India, conservado más mal que bien en alcohol, y al que, afortunadamente, se lo llevó una ictericia en su mismo lecho nupcial. Aunque también es verdad que posteriormente se casó tres veces por amor, con hombres cada vez más jóvenes.

Winston se puso más serio todavía...

—Y dado que tía Pamela tiene... bastante dinerito... parece que tendré que casarme yo con ella dentro de unos años, con dispensa del arzobispo de Westminster. Mientras tanto, me han encargado de echarle, de vez en cuando, aceite a las ruedas de su sillón...

Debí de poner tal cara de incredulidad, que Winston debió pensar que había llevado la broma demasiado lejos:

—Lo de mi matrimonio, John, en fin... ¡pase! Pero

¿hay cosa peor que el de mis hermanas? En fin, hablemos de otra cosa... ¡Es demasiado triste!

No volvimos a hablar más de ello durante aquel día, pero eso no impidió que me estuviesen volviendo continuamente aquellas cosas a la cabeza.

YO ME HABIA fugado de la casa del señor Greenwood durante la noche del 4 al 5 de agosto. Había llegado a Malvenor Castle el 12 por la tarde... ¡Y no había conseguido quitarme el hambre hasta el 14, a primeras horas de la tarde!

A partir de entonces, mi vida en el castillo fue un poco rutinaria y procuré organizármela a fin de esperar lo mejor que pudiese a que llegase el domingo 19 de agosto, día en que la multitud de visitantes me permitiría una evasión fácil y sin peligro. Durante el día, después de levantarme muy tarde porque se me pegaban las sábanas, mataba el tiempo mirando el cielo o los alrededores del castillo a través de las ventanas de mi desván, cuando no leía los libros que cogía durante la noche en la gran biblioteca, en la que sólo entraba alguien los domingos: las visitas.

Primero devoré *Robinsón Crusoe*, que me apasionó: ¿No era yo en Malvenor Castle como Robinsón en su isla, sólo que con Winston en lugar de Viernes? Y hasta me podía imaginar, sin ninguna dificultad, a Winston como antropófago. Sólo un resto del sentido religioso debía de contenerle... Pero ¿qué hubiese sido de mí si Winston no hubiese tenido nada que comer?

Luego leí las *Aventuras de Gulliver*, que también me hicieron soñar. ¿No era yo en Malvenor como un niño en un país de gigantes, cuyas costumbres, usos, pensamientos y fines muchas veces me era tan difícil comprender?

Después, con el corazón latiéndome a toda prisa, leí *La isla del tesoro. David Copperfield. El último mohicano. Los puritanos de Escocia*, de Walter Scott, y muchos libros más...

Fue en aquel castillo donde me entró el gusto por la lectura, y donde comencé a cultivarme por mí mismo, lo cual constituye la mejor de las escuelas cuando uno es vivo de espíritu. ¿Qué habría sido de mí más tarde sin los libros, en un oficio en el que se trabajaba oculto, y sólo de vez en cuando y poco?

Hacia mediodía, bajaba a la cocina a lavarme, con el disfraz que había elegido para aquel día, según mi humor y según el tiempo que hiciese. Pasaba luego a la vecina despensa, para la única comida del día que las circunstancias me permitían; placer que yo hacía durar horas y horas, bocadito tras bocadito, lo cual facilita la digestión y te da un buen sueño.

A pesar de la excelente educación moral que yo había recibido, no sentía por aquellos repetidos robos todo el remordimiento que hubiera debido sentir. Y, sin embargo, aquellos bocados eran la imagen del mal más negro y más peligroso: cuando la tentación se presenta poquito a poco es cuando uno cae más fácilmente en ella; y cuando se coge más fuerte el hábito.

Os lo dice un viejo puritano, queridos hijos míos, y... ¡bien podéis creerle!

Y tanto más feo era mi proceder, cuanto que le estaba robando nada menos que a un noble de la Gran Bretaña, infinitamente más rico que yo a pesar de sus desgracias... La Providencia ha puesto a los ricos a merced y a los cuidados de los pobres, para que puedan conseguir sin esfuerzo su paraíso en la tierra. «Siempre tendréis ricos entre vosotros», nos dice la Sagrada Escritura, que sabe muy bien lo que se dice. Tenemos, pues, que acomodarnos a esa especie y cuidar de ella en la medida de nuestras posibilidades.

Aunque debo reconocer humildemente que no descubrí esa verdad sino después de hacerme rico yo mismo gracias al trabajo y, mucho más todavía, a mi buena suerte.

Winston venía frecuentemente a hacerme compañía, me daba las últimas noticias de los miembros de su familia, me enseñaba a comer según un orden y una graduación verdaderamente gastronómicos, y sostenía gustoso mis esfuerzos con su mal ejemplo.

Así llegué a conocer mejor a Winston, que se manifestaba de un trato agradable y sin malicia.

Después de nuestra cena a la luz de unas velas, Winston subía a dormir cerca de su profesor, de sueño tan profundo, y yo, para hacer la digestión, me daba un paseíto por toda la planta baja, teniendo siempre mucho cuidado de pasar deprisa por delante de la puerta de lady Pamela, que tenía fama de dormir siempre con un ojo abierto, como las liebres.

Cuando uno es niño, todo le parece más grande de lo que es en realidad y, encima, las sombras de la noche aumentaban todo todavía mucho más. Nada de extraño, pues, que Malvenor Castle me diese la impresión de ser inmenso. Tanto más cuanto que hasta entonces yo sólo había vivido en casas menos que modestas. La de mis pobres padres y la del señor Greenwood... las dos juntas habrían cabido en la sala de guardia.

En fin, como ya lo he dejado entender, Malvenor Castle no era más que un castillo de tamaño medio, bastante mal servido por un personal abnegado pero insuficiente. Andando el tiempo, honraría con mi presencia y mi talento mansiones de más empaque, con un servicio apropiado... ¡Pero no adelantemos acontecimientos!

En todo caso, poco a poco dejé de sentir miedo en la oscuridad, o al resplandor de un cabo de vela que, sin embargo, confería a las tinieblas un aire todavía más inquietante. A fuerza de andar siempre en la oscuridad, igual que un ciego, igual que un topo o un gusanito de luz, acabé por conocer la mar de bien el sitio de cada cosa, y sentirme como en mi propia casa.

Una reflexión muy profunda que me había hecho Winston antes de que le conmocionasen la voz del *sinvergüenza de Arthur* o los misterios de la fresquera, contribuía también a calmarse y tranquilizarme: mientras no se demostrase lo contrario, ¡el único fantasma que se paseaba por Malvenor Castle era yo!... ¿Iba a tener yo miedo de mi propia sombra?

Durante la tarde del miércoles 15 de agosto, me despertó bruscamente de la siesta el ruido de una locomotora. El estrépito aumentaba más y más, como si la máquina fuese a chocar de un momento a otro contra Malvenor Castle. Me dirigí corriendo a mi puesto de observación y vi un automóvil de vapor que se dirigía, a la velocidad de un caballo al galope, derecho hacia la puerta principal del castillo.

Aquel magnífico automóvil, con sus dorados tan brillantes como las cacerolas de la señora Biggot, se paró exactamente delante del puente de piedra. El chófer y un criado descendieron para abrir las puertas traseras a dos señores, que fueron recibidos casi al instante por James y luego por lord Cecil, las mellizas y Winston.

Después de que los automovilistas se hubieron quitado sus enormes gafas, pude comprobar, con la ayuda de mis gemelos de teatro, que uno de los dos señores andaría por los cincuenta años. El otro parecía más joven y más expresivo. El cincuentón era, sin duda, el pretendiente de las infortunadas mellizas, de quien Winston me había hablado la víspera. Pero ¿quién sería su compañero?

El cielo se iba cubriendo con negras nubes, como si se pusiese de luto por la felicidad de Alice y Agatha. No sirvieron el té al aire libre. Y yo tuve que aguantarme mi ardiente curiosidad hasta medianoche.

11 *Una conversación fantasmagórica*

CUANDO volví a ver a Winston, tenía un aspecto preocupado y bastante abatido.

—¡Una velada siniestra, mi querido John! Por fin, Truebody se ha decidido por Alice, y mi padre le ha hecho ponerse a mi hermana un lacito azul en el pelo, para que su prometido pueda distinguirla. La desesperación de Alice contrasta muchísimo con el alivio de Agatha...

—¿Quiere usted decir que Truebody *comienza* por Alice?

Winston se quedó mirándome, sorprendido. Ya se había olvidado de su broma siniestra, y mi inocente pregunta se la traía de nuevo a . la memoria.

—Esto... ¡Sí! ¡Claro que sí! Agatha ha conseguido un ventajoso respiro. En todo caso, la cena ha sido estupenda. Esta noche no le acompañaré a comer. Bueno... sólo un poquitín de esta mermelada de naranja... pero nada más. Es para que no se sienta usted tan solo...

Le pregunté quién era el segundo *gentleman*.

—No se trata de un auténtico *gentleman*. Es un periodista de *La Trompeta de Edimburgo*, que el profesor Dushsnock ha cazado por teléfono. Al profesor le ha faltado tiempo para inundar toda Inglaterra con su proeza fotográfica, telegrafiando o telefoneando cuando el correo le parecía demasiado lento.

—¿Lord Cecil se lo ha autorizado?

—Mi padre está muy preocupado. Por una parte, teme un escándalo si se descubre que todo esto es una superchería, como él se figura. Pero por otra parte, tampoco está seguro de que se trate de una superchería... Y como la publicidad nos vendría pero que muy bien, pues... deja hacer... a falta de cosa mejor.

»Yo mismo estoy muy preocupado. Este absurdo asunto va adquiriendo unas proporciones imprevistas. Como nos descubran ahora, la broma nos va a salir terriblemente cara.

—¿Y no ha intentado usted, Winnie, frenar al profesor Dushsnock?

—¡Si no hago más que eso! Pero es inútil, los fanáticos son insensibles al ridículo. Como usted comprenderá, esa fotografía es la niña de sus ojos miopes, su hijo tardío. ¡Con el tiempo que llevaba esperándola! Ahora, lo único que quiere es que el mundo entero se beneficie de ella. Le he traído una copia...

Aparte la cabeza, la foto estaba muy bien. Menos el «histórico» boliche, que había salido un poco movido.

Winston siguió hablando, algo embarazado:

—Si yo tuviese la seguridad de que usted se iba a marchar el domingo, John, me sentiría mucho más tranquilo. ¡Y eso también lo digo por su propio interés!

Le aseguré que también era esa mi intención. Aunque añadí, por darme el gustazo de hacer rabiar a Winston:

—Pero claro, yo no puedo prometerle que milord Arthur no haga alguna de las suyas de aquí al domingo. Ya sabe usted cómo es él: espontáneo, imprevisible...

—¡Toco madera! ¡Dos fantasmas, uno verdadero y otro falso, son demasiados para un solo castillo! De todas formas, júreme que va a ser muy prudente.

¡Corren malos tiempos, John! Estamos sentados sobre un volcán. Lo único que deseo es que la estancia en Malvenor de Truebody y de ese periodista, que no me acuerdo cómo se llama, sea tranquila hasta que usted se vaya. Después, ya me da igual. El cuerpo del delito —*corpus delicti*, como dice el profesor Dushsnock— ya habrá desaparecido...

Se lo juré de buen grado y pregunté por pura curiosidad:

—Y esos dos señores... ¿creen en fantasmas?

—Truebody se sentiría muy halagado entrando a formar parte de una familia con fantasma propio. Bien sabe él que tener un fantasma es signo de aristocracia. ¡Y no será precisamente en su fábrica de Birmingham donde encuentre uno...!

En cuanto al periodista... espere, ya me viene su nombre... Se llama Fax... ¡No, no! Fix... Fox... Fux... ¡Da igual! ¡Llamémosle Smith! Bueno, pues ese Smith expuso numerosas objeciones, bastante inteligentes, contra la existencia de los fantasmas. Pero tía Pamela le dio un barrido... ¡Es una *fan* de Arthur! ¡Poco menos que está esperando que la llame por teléfono!...

—¿El teléfono está en la habitación de lady Pamela?

—Allí hay uno. A su edad, eso la distrae. Continuamente está llamando a sus amigas de Escocia, de Inglaterra, de todo el mundo, amontonando unas facturas tremendas que, afortunadamente, tiene con qué pagar. El otro teléfono se halla en el despacho de mi padre, en el segundo piso. Papá hizo que nos instalasen el teléfono justo antes de arruinarse, con lo que ha tenido la ventaja de poder seguir su ruina hora a hora, aunque de una forma particularmente costosa... ¿Pero qué puede entender usted de ruinas ni bancarrotas, disfrazado como está esta noche de príncipe hindú? Hablemos de otra cosa, esto es demasiado triste.

Verdaderamente, lady Pamela era un personaje bastante extraordinario.

COMO Winston se marchó pronto, di solo mi paseo por la planta baja. Había refrescado el tiempo, habían vuelto el viento y la lluvia. Yo me encontraba muy a gusto con la túnica hindú, más calentita que la toga romana; y el turbante me protegía de las corrientes de aire.

De vuelta hacia la cocina, al cruzar el comedor, vi una línea de luz por debajo de la puerta de lady Pamela, que debía de estar esperando la llegada del sueño leyendo algún libro.

De pronto, resbalé no sé con qué; seguramente algún resto de la odiosa cena de la petición de Alice. Tropecé contra una silla tapizada de respaldo alto, que se volcó por efectos del choque, cayendo en medio de un gran estrépito.

La voz estridente de lady Pamela me dejó clavado en el sitio:

—¡Arthur! ¿Es usted? Es inútil negarlo: sé que es usted. ¡Haga el favor de venir enseguida! Tengo que hablar con usted...

La cosa se ponía fea. Procuré disuadirla de aquella charla, aunque dándole cuerda, sin embargo, a la idea fija de la vieja lady:

—¡Hu... hu... hu!

Como tenía miedo de despertar a alguien, lo había gritado en voz bajita. Repetí un poco más fuerte:

—¡Hu... hu... hu! ¡Hu... hu!

—¡Deje esas estúpidas bromas! ¡Ahora no es momento de mordisquear manzanas ni de hacer el búho! ¿Quiere venir ya de una vez? ¡Me está empezando a poner nerviosa!

Lady Pamela hablaba tan fuerte que iba a despertar a alguien. Dejando mi vela sobre la mesa, me acerqué a la puerta y murmuré a través de ella:

—¡Sí, soy yo, tía Pamela! ¡Cálmese! Es hora de dormir. ¡Se está usted cayendo de sueño!

—¡Ni hablar! Entre y tome asiento.

—A lo mejor le doy miedo, tía Pamela.

—Lo que me dan miedo son las bromas, ya no van con mi edad. Nunca me ha asustado una conversación seria.

Desde luego, aquello era de una lógica apabullante. Cedí un poco:

—Bueno, mitad y mitad ¿eh? Yo abro un poquitín la puerta y hablamos tranquilamente, sin ponernos nerviosos...

—¡Pero bueno! ¿A qué está usted esperando?

Entreabrí la puerta y asomé un ojo. Lady Pamela, con un gorro de dormir de encaje y con un chal sobre los hombros, estaba medio tumbada en la cama, con una novela sobre las rodillas y una manzana todavía sobre la mesilla de noche. Habiendo dejado de lado sus gafas de leer, me miraba a través de sus impertinentes [1].

—¿No permitirá usted que haga eso ¿eh Arthur?

¿De qué estaría hablando? Por si acaso, me apresuré a tranquilizarla aunque de una forma bastante vaga, por fuerza de las circunstancias.

—¿Y cómo lo va a hacer, eh? —me preguntó.

La respuesta no era fácil.

—Me parece, Arthur, que no está usted muy decidido a actuar. ¡Pero entre de una vez! Me irrita hablar de esta forma...

—¿No va a tener miedo? ¿Seguro que no?

---

[1] Impertinentes: anteojos con mango de mano, que usaban mucho las señoras. (N.T.)

—¿Y por qué quiere usted que yo tenga miedo de un muchachito pariente mío? ¿Porque usted esté muerto? ¡Pronto voy a estarlo yo también, y por eso no voy a tener miedo de mí misma!

Lady Pamela era implacable. No tuve más remedio que entrar. Tras cerrar cuidadosamente la puerta, fui a sentarme a su lado, en un taburete, atento y respetuoso, pero muy impaciente por escapar de aquella difícil situación.

—¿Pero qué hace con ese disfraz de carnaval, Arthur? ¡Me imagino que no irá apareciéndose por ahí como un indígena cualquiera!

Lady Pamela me miraba de arriba abajo severamente. Su noble cara, totalmente surcada de arrugas, que había visto tantos maridos y tantas cosas, conservaba restos de una gran belleza; y sus ojillos, detrás de sus impertinentes de concha de carey, eran muy vivos.

—Es que... es que siempre me ha gustado disfrazarme, tía Pamela. ¡Aquí tengo tan pocas distracciones...! Aunque, naturalmente, cuando me aparezco a extraños me pongo un traje de época... más o menos.

—Eso ya me tranquiliza. ¡Siempre hay que conservar la dignidad, Arthur! Y ahora, tranquilíceme del todo: ¿cuándo va usted a echar de aquí a ese innoble de Truebody?

Fue entonces cuando comprendí toda la gravedad de la preocupación de lady Pamela, y tanto más cuanto que yo también la compartía.

—¡Usted no puede consentir, Arthur, que mi pequeña Alice, esa niña sensible y encantadora, que antes era alegre como unas castañuelas, caiga entre las garras viscosas de ese tendero calvo y rechoncho! ¡Imagínese esa boda sin pies ni cabeza! ¡Es algo inconcebible! Pero Cecil no quiere saber nada... Por eso tengo que dirigirme a usted, Arthur...

—¡Naturalmente que sí, tía Pamela!

—Eso ya está mejor, Arthur. Ahora ya vuelve a ser

el de siempre. Me parece, mi querido y pequeño Arthur, que bastaría con que le dijese a ese pobre hombre que el tal matrimonio «no encaja». Tras esa franca explicación, dudo de que tenga la poca gracia, la insolencia, de insistir... ¿no?

—Esto... sí... en efecto... es poco probable.

—¡Muy poco probable! La gente de Birmingham le tiene un pánico horrible a los fantasmas. ¿Lo sabía...? ¡Allí no tienen fantasmas!

Para acabar de convencerme de que mi intervención sería muy conveniente, lady Pamela empezó a describirme, largo y tendido, los raros méritos de Alice y los no menos deméritos del novio, que tenía —y esto era del dominio público— «una vieja amante» en su casa.

El hecho de que un hombre tan rico como Truebody sólo tuviese en su casa «una vieja manta» daba, en efecto, una clara idea de su tacañería, y me indigné sinceramente contra aquel tío roñoso, con gran satisfacción por parte de lady Pamela.

—Así pues, estamos de acuerdo, ¿no Arthur? ¡Hale!, suba pues a decirle dos palabras bien dichas a ese Babilas Truebody, y venga enseguida a contarme lo que ocurra.

»Me gustaría charlar con usted más a menudo. Me encuentro muy sola en Malvenor. Cecil me hace compañía por obligación, con la mira puesta en mi testamento. Winston es cariñoso conmigo, para que le dé chocolatinas. Sólo Alice y Agatha me escuchan con cariño. Sí, ya sé que no hago más que repetir siempre las mismas historias. Aunque usted, Arthur, usted no las conoce. ¡Puedo estar contándole batallitas durante todos los años que aún me queden de vida...!

—Sí, tía Pamela, gracias. Pero si le hago visitas, no habría que irlo contando por ahí, ¿eh? Sería un secreto entre los dos.

—Tiene usted mi palabra, Arthur. Bueno, y mientras va a hacerme el favor de decirle también a Cecil lo que usted piensa de esa vergonzosa boda. ¡Más vale tomar dos precauciones que una sola!

—Tía Pamela... me parece que está exagerando.

—Bueno... comprendo que no le agrade visitarle. Pero para algo está el teléfono ¿no? Unas palabritas bien dichas bastan.

—Pero usted acaba de darme su palabra de honor de que...

—¡Yo no le he prometido nada en cuestión de teléfono! ¡No cambie de conversación!

Y diciendo esto, lady Pamela descolgó el aparato, que estaba al alcance de su mano, y bajó una clavija.

Me quedé sin respiración. ¿Qué podía yo hacer?

—¿Eres tú, Cecil? ¿Te molesto? Ah, ya, estabas haciendo las cuentas. ¡Pues que esperen!... Casualmente tengo a Arthur aquí conmigo, que está que arde de impaciencia por decirte dos palabritas respecto a cierto asunto de familia... ¡Arthur, sí, con A de Alice! Se pone Arthur...

Lady Pamela me alargó el teléfono del que salían unos ruidos furiosos. ¡Aquello era más de lo que yo podía soportar!...

Lady Pamela empezó a dictarme:

—«Ese Truebody es un infame paleto»... (¡Venga, Arthur, aprisa!)

Repetí mecánicamente sus palabras, lo que tuvo por efecto reducir al instante al silencio a lord Cecil.

—«¡Se casará con nuestra pequeña Alice, cuando las ranas críen pelos!»... (¡Venga, venga!)

Seguí repitiendo, con voz muy débil.

—Ya que está usted ahí, Arthur, dígale a Cecil algo que hace mucho tiempo tenía yo ganas de decirle: «¡Eres un padre desnaturalizado, que en vez de entrañas sólo tienes un pellejo inflado de aire!»... (¡Hale, Arthur, ánimo!)

Me excusé con una voz que casi no se oía. El pobre lord Cecil, totalmente aturdido, ni reaccionaba. Lady Pamela me dijo:

—¡Eso ha estado muy bueno! Es usted un buen chico, Arthur.

Me levanté precipitadamente...

—Que... que... querida tía Pamela, me... me... me parece que ya es hora de irme. Tengo algo que hacer.

—¡Oh sí, claro! El deber le llama a la habitación de Truebody. ¡Hasta la vista, Arthur!

Justo en el momento en que yo salía, el marqués de Malvenor, que era un hombre de «pensado y hecho», llegaba a paso de carga, precedido por el siniestro halo de su lámpara de petróleo. Debió de abalanzarse por las escaleras como una fiera, deseoso de devorar al fantasma telefónico. Sólo tuve tiempo de coger mi vela y echar a correr hacia la torre.

12 *Un acto de caballerosidad, de los que ya no se estilan*

Me había impresionado tanto aquella extravagante conversación con lady Pamela, que pasé el resto de la noche tumbado encima de mi viga, aguzando el oído, y expuesto a caerme desde aquella altura de seis metros y partirme los riñones si tenía la desgracia de sucumbir al sueño.

En el fondo, lo que me faltaban no eran las ganas de espantar a Babilas Truebody. Lo que me faltaba era valor para emprender esa nueva expedición, tan arriesgada.

Hasta que amaneció estuve lamentando cobardemente el destino de Alice, y la cruel decepción que le iba yo a causar a lady Pamela, tan simpática, tan acogedora. ¡Lo que iba a sufrir ella también, la pobre! Y tanto más —pensaba yo— cuanto que le habían ocultado— para no darle la puntilla antes de tiempo— que Agatha debería remplazar a Alice dentro de muy breve plazo. ¡No podía ser más horrible!

Siempre he tenido buen corazón. Demasiado buen corazón, incluso, para este mundo, tal como los hombres lo han hecho.

AMANECIA, y una somnolencia poblada de pesadillas me estaba venciendo, cuando oí un ruido de sollozos desgarradores que salían del interior del bosque por donde paseaba yo en sueños.

Era un bosque muy extraño, un bosque lleno de columnas muy altas, cuyos capiteles góticos —como los de la sala de guardia— se juntaban y oscurecían el cielo. También había capiteles griegos y capiteles hindúes... Caminaba yo por un elosado totalmente liso. ¡Ni una hierba, ni un poquito de musgo, ni un helecho, ni una seta, ni un insecto, ni un pájaro!

—Pero ¿adónde se han ido los árboles?, me decía yo. Y los sollozos me respondían:

«Los hombres han plantado columnas en vez de árboles, y las riegan con sus lágrimas. La naturaleza se ha convertido en una cárcel de piedra, sin esperanza y sin amor.»

Justo en el momento en que me iba a caer de la viga, me despertó de golpe un sollozo más desgarrador que los otros. Y en el claroscuro del amanecer divisé una forma blanca, sentada en el suelo cerca de una cesta llena de juguetes. Aquella aparición mecía un gran oso de peluche... ¡No podía ser más que Alice!

Antes de abandonar —para encaminarse a una existencia indigna— el hogar en donde había vivido sus días felices, Alice buscaba refugio en los recuerdos de su infancia. Y al comparar la linda cabecita de su oso con el cráneo calvo de su prometido, no había podido contener las lágrimas.

Yo también sentí que se me partía el corazón. ¿Qué importaba la promesa que le había hecho a Winston de ser prudente? ¿Acaso no tenía yo el derecho, el deber, de hacer algo?

¡Qué puro y conmovedor el rostro nublado de lágrimas de Alice! ¡Qué graciosos sus movimientos! Finalmente le vi darle un beso en la frente a su osito, ordenar sus juguetes como una niña buena, y marcharse luego toda vestida de blanco. Parecía el fantasma de la desdicha, en busca de un poco de esperanza...

Entonces tomé la decisión de acudir en su ayuda al precio que fuese.

Se me habían ido las ganas de leer. Como no tenía nada que hacer, bajé pronto a escuchar los ruidos de la preparación del desayuno.

La voz generosa e indignada de la señora Biggot me confirmó aún más en mi resolución:

—¡Té ligero y pan toast sin sal para mister Truebody, Kittie! ¡Ese presumido es incapaz de digerir, y necesita una jovencita de diecisiete años! ¡Qué miseria!

—¡Además es de una insolencia...!

—Es un ricachón de la peor especie. Un *nuevo rico*, como dice Lady Pamela.

—¡Pues esa boda no le va a hacer feliz!

—Mientras tanto, llévele esta bandeja al primer piso, la última puerta de la derecha, junto al W.C.

—¡La habitación en donde durmió el príncipe Alberto en 1848!

—¡Sí, hija, sí, así va el mundo! ¡Hasta la han acondicionado especialmente para Mr. Truebody! Como el pobre hombre tiene fastidiada la vejiga, la proximidad del W.C. le viene muy bien.

La información era inestimable y me permitiría pasar a la acción aquella misma noche. Cuanto más corto fuese el noviazgo, mejor; así sería más fácil de romper.

La señora Biggot añadió:

—Al entrometido ése, al periodista, le encontrará usted, Kittie, en el segundo piso, en la habitación verde. ¡Menuda alhaja también es ése! ¿Pues no que ha tenido la caradura de ofrecerme tres libras si testifico que lo del fantasma de nuestro Arthur es una invención? ¡Una invención! ¿Habráse visto animal?

—¡Ojalá se le aparezca a él y le pegue un buen susto!

—Eso puede ocurrir y más pronto de lo que nos

imaginamos. Acuérdese bien de esto que le digo, Kittie: Arthur, ... todavía no ha dicho su última palabra.

Eso mismo pensaba yo...

EL TIEMPO estuvo revuelto durante la mañana. Por la tarde hubo algunas tormentas, que me pusieron los nervios de punta. Más de una vez sentí que se venía abajo mi resolución.

Winston no vino a verme durante mi cena, que tomé sin gran apetito.

Estuve dudando hasta las dos de la madrugada, dividido entre la compasión y el miedo. Si, por ejemplo, a mí me quisiesen obligar, dentro de algún tiempo, a casarme con la buena de lady Pamela ¿no le estaría yo muy agradecido al fantasma que me librase de ese mal trago? Aunque, por otro lado, como las cosas saliesen mal...

Para darme a mí mismo ánimos, me bebí una *Guinness is good for you* y subí al desván a ponerme el uniforme.

Truebody describiría a su fantasma con tantos más detalles cuanto que no le gustaría pasar por víctima de un sueño. Era, pues, muy importante elegir un traje que Winston nunca me hubiese visto puesto. Desgraciadamente, entre los trajes de mi talla, el disfraz de trovador era casi el único más o menos de época, que pudiese convenir a Arthur. O, al menos, a la imagen que tenían de él. Y como no era posible presentarse con atuendo de hombre prehistórico, la elección se reducía, al final, a un disfraz de pirata de los mares del Sur, con sable, pistolón y una venda negra tapándome un ojo.

Al bajar, cogí de nuevo el boliche, para ayudar a Truebody a darse cuenta enseguida de quién le visitaba.

El reloj de pared de la cocina marcaba las 2.45 de la madrugada cuando salí, a la luz de mis cerillas, a enfrentarme, sin el menor escrúpulo, a un novio muy confiado en sus méritos y que, seguramente, estaba sumido en lindos sueños color de rosa. Y en cuanto a mí, yo deseaba con toda mi alma que aquella prueba fuese la última que tuviese que hacer.

LLEGUE sin incidentes ante la puerta de la habitación del príncipe ·Alberto, de feliz memoria. ¡Qué estaría pensando la difunta reina Victoria al ver a un Babilas Truebody en la cama de su querido marido!

Disipé mis últimas dudas al pensar en Alice y Agatha, y llamé a la puerta con el boliche. Con un poco de buena suerte, a lo mejor sería posible arreglar el asunto a través de la puerta, pues Truebody no tendría el valor de abrirla después de enterarse de que se trataba de un fantasma.

Llamé más fuerte. Más fuerte todavía. Ninguna respuesta...

Ya iba a levantar el picaporte, cuando de pronto surgió una luz a mi izquierda, y giré sobre mí mismo para descubrir un espectáculo sobrecogedor: un hombre calvo, de mediana edad, acaba de salir de W.C. y me estaba mirando fijamente; los dientes le castañeteaban y tenía los ojos muy abiertos, más grandes que unos platos. Truebody llevaba puesto un camisón de color lila con galones dorados, que le daba un cierto aire de obispo descalzo; en la mano izquierda sostenía un lindo y pequeño orinal de viaje, que, sin duda,

115

acababa de vaciar; en la derecha, una palmatoria temblaba al ritmo de todo su cuerpo.

Aquel encuentro con un pirata con un boliche en la mano, le sacaba brutalmente de su mundo de botones para pantalones, de Birmingham.

El terror cerval de Truebody me dio un renuevo de seguridad e indignación, y un claro sentimiento de mi poder y de mi virtud.

Dije con un sarcasmo salvaje:

—¡Ande ya, miserable! ¿Así es como se busca a Alice, con una palmatoria y un orinal? ¡Y no le basta con Alice! ¡También necesita a Agatha! ¿Pero es que quiere llevarse dos chicas por el precio de una?

El terror de Babilas Truebody dio paso por un momento a un grandísimo asombro, el mismo de un hombre honrado al que acusan, por error, de haber robado la Torre de Londres.

Proseguí:

—Como tenga usted la mala ocurrencia de llevarse a su vieja casa a las dos mellizas, allí iré yo a decirle dos palabritas cada vez que salga usted del retrete. ¡Se lo dice Arthur! ¡Arthur, el fantasma!

Y acordándome de la lección de lady Pamela, añadí:

—¡No es usted más que un infame paleto! ¡Un paleto que no morirá de viejo...!

La verdad, yo no sabía con exactitud lo que era un paleto, pero aquella palabreja sonaba bien.

Y ya no tuve ocasión de decirle más: Truebody se había caído de espalda, boca arriba, lanzando el orinal y la palmatoria.

Febrilmente, encendí una cerilla: Truebody estaba tumbado boca arriba, con los ojos descompuestos, totalmente en blanco, entre su orinal y la vela apagada.

Lo único que yo podía hacer por él era escaparme a toda prisa, aullando con toda la fuerza de mis pulmones, a fin de que viniesen a socorrerle lo más pronto posible. Desde los comienzos hasta el final de mi carrera tan llena de aventuras, yo creo que nunca he lanzado unos «¡Hu-hu!» tan espantosos.

DEJE el boliche en su sitio, al tiempo en que una nueva tormenta se desencadenaba por toda la comarca, surcando el cielo oscuro de la noche con unos relámpagos deslumbrantes, como si Dios estuviese gastando de golpe todo su magnesio para tomar unas fotos de los pecadores más endurecidos o más imprudentes.

¿Había obrado bien? ¿No se me había ido un poquillo la mano? ¿Habría muerto Truebody? La felicidad de Alice y de Agatha, el respeto a las conveniencias... ¿merecían tal sacrificio?

Los fantasmas no tienen conciencia de su fuerza. Y eso vale tanto para los auténticos fantasmas como para los *amateurs*. De ahí el valor que tiene un fantasma profesional, experto sin duda en escenografía, pero también en psicología, en psiquiatría y en socorrismo. Yo estaba todavía lejos de dominar todas las triquiñuelas del oficio, y había trabajado con Truebody un poco... así... a ojo. Ahora me daba confusamente cuenta de ello y tenía remordimientos e inquietud.

Pero un relámpago iluminó entonces el cuadro que estaba en el caballete, y me pareció que Arthur sonreía de satisfacción; y que hasta el mismo poney resoplaba de placer.

Una guía turística que yo había encontrado en la biblioteca, hablaba de Arthur Swordfish como de un joven que había existido realmente, y que realmente había muerto en la flor de la edad en aquella habitación en donde me interrogaba yo a mí mismo sobre la rectitud de mi conducta. ¿Qué habría hecho aquel

Arthur en mi lugar? ¿Qué pensaría de mí donde quiera que se encontrase?

Pasé una noche agitada en mi desván, lleno de corrientes de aire, y a mitad mañana me despertó el plof-plof del coche de vapor. Pegué un bote y me dirigí hacia mi observatorio.

Junto al descapotable, cuyo motor se estaba calentando bajo un cielo otra vez claro y sereno, toda la familia Swordfish —a excepción de lady Pamela, que tenía la disculpa de su enfermedad— estaba despidiéndose de Mr. Truebody, y también —aunque sin prestarle demasiada atención— del periodista de *La Trompeta de Edimburgo*, que no aguantaba más en aquel lugar y parecía con muchísima prisa por largarse de una vez. También la tendría Truebody, sin duda, pero a éste le era más difícil expresar sus sentimientos, estando, como estaba, tumbado en una camilla.

Por lo menos había recobrado el sentido, puesto que lord Cecil se hallaba cortésmente inclinado sobre él y le daba unos golpecitos en su mano doliente, acompañándolos con palabras amables. Un hombre barbudo, vestido de oscuro, cogió la otra mano de Truebody, sacó un grueso reloj del bolsillo del chaleco y tomó el pulso al enfermo. Luego, cuando el médico dio la orden de ponerse en marcha, colocaron lo mejor que pudieron la camilla en la parte trasera del descapotable, que emprendió la marcha en medio de una nube de humo.

El periodista, que había venido al castillo flamantemente «a vapor», gracias a la amabilidad de Mr. Truebody, se apresuró a marcharse en el cabriolé del médico, ya que media camilla ocupaba ahora su antiguo lugar en el automóvil.

El coche de Truebody ya no era más que un pequeño plof-plof al fondo de la alameda, cuando Alice se volvió hacia el castillo, y yo pude distinguir su cara radiante de alegría. Pero, habiéndola sorprendido y reñido lord Cecil, adoptó un aire muy triste.

Aquella breve visión pagó con creces todos mis sufrimientos.

13 *En el que Winston cree, cada vez más, en los fantasmas*

AQUEL DIA, viernes 17 de agosto, transcurrió para mí dentro de la mayor tranquilidad.

Al caer la noche me quité mi disfraz de pirata porque si Winston me lo llega a ver después de las probables explicaciones de Truebody, seguro que le da una congestión. Me puse una chilaba de jeque árabe, pasando de golpe de los mares del Sur a los mares de arena.

Cuando, pasada la medianoche, entré en la despensa para cenar, Winston me estaba ya esperando con una viva impaciencia y en un estado evidente de tremenda excitación.

En cuanto me vio, me soltó:

—¡Venga, confiéselo! ¿Ha sido usted?

—Perdón... ¿Qué dice?

—¡Lo del teléfono! ¿Ha sido usted? Y el pirata de Truebody, y esos gritos horribles... ¿ha sido usted?

—Está usted mezclando mil cosas a la vez, Winnie, y no entiendo absolutamente nada. ¿A qué viene esa historia del teléfono?

Winston escudriñaba mi cara con una intensa curiosidad. Pero como el resultado del examen fuese dudoso, consintió en darme una explicación, esperando sin duda cogerme en algún fallo, o por mis reacciones o respuestas.

—Hace un rato, cuando estábamos cenando, he sufrido unos de los choques más terribles de mi vida. Estábamos comiendo arroz blanco, bastante pastoso por cierto, cuando tía Pamela, que desde esta mañana tenía un aire de triunfo y de euforia, no pudo aguantar más tiempo y dijo (cito sus palabras textuales en la medida en que puedo recordarlas): «La estampida de Truebody a mí no me extraña nada. Anteayer, yo misma le pedí a Arthur que le ajustase las cuentas a ese entrometido. Y Arthur llevó su amabilidad hasta el extremo de telefonear a Cecil desde mi habitación, para decirle lo que opinaba acerca de esa boda tan descabellada. Cecil, que no sabe mentir, os lo confirmará...»

Y luego ¡agárrese bien, John!, he visto con mis propios ojos y he oído con mis propios oídos a mi padre tartamudear no sé qué cosas, de las que lo único que se sacaba en claro era que, efectivamente, *alguien* le había telefoneado desde la habitación de tía Pamela a altas horas de la madrugada del 15 al 16. *¡Alguien!*... ¿E insiste en negar que ese *alguien* es usted?

Respondí con voz suave pero dolida:

—Después de tantas recomendaciones como usted me ha hecho, en las que iba mi interés tanto como el suyo ¿cómo puede creer ni por un instante, Winnie, que yo iba a tener la peregrina idea de hacerle una visita a lady Pamela y, para colmo, telefonear a lord Cecil? ¿Pero usted se imagina que yo voy a llamar a la puerta de su tía diciendo: «Soy yo, el fantasma de Arthur. ¿Dónde está el teléfono, por favor?» ¿Por qué iba yo a comportarme de una manera tan insensata? ¿Acaso me cree usted tan tonto?

—¡No, no, naturalmente que no...! Sin embargo... ¡los fantasmas no llaman por teléfono!

—Para algo está el progreso, Winnie...

Profundamente abatido, Winston se sentó encima de una caja de bacalao ahumado.

Yo tenía miedo de que tía Pamela, en un descuido, hubiese hecho alusión a mi traje hindú, que Winston ya conocía...

—¿Y no ha dicho nada más lady Pamela acerca de ese fantasma tan moderno?

—Ni una maldita palabra; ni siquiera para exasperar la curiosidad de todos. Por lo visto le hizo a Arthur no sé qué promesas, y ella tiene miedo de no volverlo a ver si comete alguna indiscreción. ¡Es inconcebible! ¡Con tía Pamela es para volverse loco!

»¡Y, naturalmente, también negará usted que se le apareció al pobre de Truebody, vestido de pirata jamaicano, con sable de abordaje y con el boliche en la mano!

—¿Se le apareció a Truebody vestido de pirata?

—¡Sí, se le apareció! Al menos eso fue lo que Truebody, espantado, acertó a farfullar antes de largarse, como usted habrá podido ver desde el desván.

—¡Por favor, Winnie, un poco de seriedad! ¿Por qué iba a hacer yo de pirata y mezclarme en un asunto que no me interesa lo más mínimo? ¡Lo único que yo quiero es que llegue el domingo y poderme largar!

—Sí, evidentemente, eso parece razonable... Pero ¿y los gritos, qué? Esos gritos que aterrorizaron a todo Malvenor Castle... Esos gritos que estuvieron a punto de dejar tieso delante del W.C. al prometido de mi hermana (mejor dicho, de mis hermanas)... ¿También va a negar eso?

—¿A punto de dejarle tieso?...

Me había quedado horrorizado al oír eso.

—¡Pues claro que sí! Tumbado junto a su orinal, Truebody había encajado bastante bien la aparición del pirata... y ya empezaba a volver en sí y a abrir los ojos, cuando unos aullidos feroces lo dejaron otra vez sin sentido.

»Parecía que había llegado su última hora. El periodista, también él tuvo una crisis cardíaca, y la señora Biggot le tuvo que poner corriendo una inyección de aceite alcanforado.

—Sí, es verdad, a pesar de la distancia tuve la impresión de haber oído algo hacia la medianoche. Realmente, Arthur debió de rugir muy fuerte.

—También eso es una cosa rara: normalmente, los verdaderos fantasmas susurran... cuchichean... Es muy difícil lograr oírlos...

—¿Y qué piensa de todo esto el profesor Dushsnock?

—Pues que... nuestro Arthur... no es como los otros fantasmas.

—¡Y qué puedo añadir yo a eso, Winnie!

Winston guardó silencio un momento y luego continuó con voz lúgubre y cansada:

—Debo reconocer, John, que el más elemental sentido común le libra a usted de toda sospecha... ¡¡Pero eso significa que tenemos aquí a un verdadero fantasma!!

—Bueno, eso es lo que James asegura a los visitantes del domingo.

—Sí. Sólo que, desde ahora, ya no es mentira... ¡Qué esfuerzos tuve que hacer para no echarme a reír!

Winston se levantó de golpe, como movido por un resorte. Una idea de lo más inquietante se le acababa de ocurrir:

—Si por desgracia le pescan, John, le van a echar a usted la culpa —y de rebote a mí— de todas las aventuras de Arthur. Como Arthur no se detenga...

No atreviéndose a concluir la frase, Winston se volvió a sentar desalentado. Para tranquilizarle, le dije:

—Se diría que la agitación de Arthur tiene alguna relación con la boda que usted ya sabe. Antes de la llegada de Truebody, Arthur hizo algunas chiquilladas, es cierto, pero cuando se ha puesto francamente insoportable ha sido después de su llegada. A lo mejor ahora se calma, después de la fuga, en camilla, de su víctima. ¿No será, acaso, un fantasma familiar que sólo entra en trance en las grandes ocasiones? Ya verá usted cómo todo se arregla ahora...

Winston quedó muy sorprendido de mi observación.

—¡Esa es una reflexión muy por encima de su edad, John! Le insinuaré esa idea a mi padre, que sólo vive a base de aspirinas desde la llamada telefónica de Arthur y su posterior entrevista con tía Pamela.

—Si se escoge mejor a otro pretendiente y éste se contenta con una sola de las mellizas, seguro que Arthur le deja en paz —dije.

—¡Ojalá el cielo le escuche! Ya es difícil casar a unas hijas sin dote... para que, encima, los piratas se dediquen a dejar sin sentido a los pretendientes... ¡Así va a ser imposible! De todos modos, personalmente, yo no lamento lo que le ha ocurrido a Truebody; también mi padre creo que se ha sentido aliviado... aunque el tipo ése le había prometido arreglar la torre sureste. En fin, bien está lo que bien acaba.

UN POCO MAS tranquilo ya Winston, pude por fin cenar; incluso, hasta mejor que las noches anteriores; porque, con ocasión de la petición de Alice, lord Cecil había mandado comprar cosa fina.

—¿No tiene hambre, Winnie?

—Anoche, una pequeña indigestión, relacionada con la mejora del menú, me privó de su compañía. Y ahora, con tantas preocupaciones, tengo un nudo en la barriga. ¡Mi estómago ya no es lo que era antes!

—No se tome tan a pecho las cosas.

—¡Eso se dice fácilmente! Me admira su calma. Aunque, claro, también es verdad que usted no está enterado de todo. Eche una ojeada a estos periódicos, entre bocado y bocado...

Winston sacó de sus bolsillos un montón de recortes de periódicos que leí rápidamente a la pobre luz de la vela.

Los titulares de los periódicos de Londres reflejaban una buena dosis de incredulidad: *Un fantasma va a casa del fotógrafo. Extraordinaria amabilidad de un fantasma. Un fantasma progre. Fantasma fotografiado al natural.* Sobre todo, la fotografía sin cabeza era motivo de rechifla.

En Escocia, en la prensa de Glasgow o de Edimburgo, los titulares eran más grandes y más serios: *Acontecimiento histórico en Malvenor Castle. El fantasma de Arthur Swordfish reaparece a plena luz. La Escocia tradicional, en vanguardia del progreso...* A la fotografía acompañaban algunas reflexiones en las que los pros y los contras estaban prudentemente equilibrados. Los escoceses nunca se han reído de veras de los fantasmas, que constituyen una de las riquezas del país.

—Fíjese —me dijo Winnie— aquí viene nada menos que un suelto de diecisiete líneas en el *Times* de Londres, en segunda página, detrás de la primera página de sus famosos «anuncios por palabras», con el título de: *Incidente muy escocés en Malvenor Castle.* Naturalmente, el Times no se define en pro o en contra. ¡Pero un simple entrefilete en ese periódico, que no tiene igual en las islas británicas, es toda una consagración para un fantasma!

Yo estaba apabullado ante aquella avalancha tan súbita e imprevista de celebridad. ¿Qué habrían dicho mis padres, y el señor Greenwood y el señor Bounty si me hubieran visto en el *Daily Reporter* de Glasgow, sin cabeza y con un boliche en la mano? ¡Aquello era para volverse loco!

—La cosa es muy seria, John. Dése cuenta de que, aun cuando Arthur nos deje tranquilos a partir de ahora, la prensa y los curiosos no van a tener la misma discreción, con el peligro enorme que eso encierra para usted y para mí. ¡Como James le agarre ahora, el escándalo va a ser nacional! Y mi padre tiene un enfado... ¡no, no quiero ni pensar lo que nos haría!

Desde luego, sólo imaginar que eso pudiese ocurrir me ponía la carne de gallina. Menos mal que había otra cosa, positiva ésta y reconfortante.

—Ya ha pasado la medianoche, Winnie, y estamos en el sábado dieciocho. Si mañana consigo —como todo lo permite suponer— salir de Malvenor Castle, nadie podrá jamás probar que un falso fantasma haya deshonrado el castillo. Y en ese caso, toda esa publicidad ya no supondrá sino ventajas.

Winston aprobó calurosamente:

—¡Ha dado usted en el clavo, John! A pesar de la simpatía que siento por usted, ya le he dicho que estoy deseando que se largue. ¡Y ahora más que nunca!

Entonces pensé, con un poco de melancolía, que aquello de «vivir a lo grande en un castillo», que me había predicho la vieja adivina, no iba a durar más que una semana.

Acabada mi cena, Winnie me pidió que le acompañase; al menos hasta el salón de baile, en el primer piso. Me extrañé, pero él me explicó, suspirando:

—Si le digo la verdad, desde un tiempo acá, no me encuentro demasiado cómodo cuando estoy en la oscuridad... En cambio usted, y no sé por qué, usted está la mar de tranquilo.

Para alejar cualquier sospecha, dije:

—Procuro poner buena cara, Winnie. Pero, en el fondo, tengo mucho más miedo que usted. ¡Y vaya si tengo motivos! No hay, casi, una sola noche en que Arthur no me grite «Hu-hu» en el desván. Primero es un aullido muy flojito, que luego va aumentando...

—Será el viento, John.

—El viento no habla con acento de Oxford.

—¿Cómo? ¿Arthur le habla a usted con acento de Oxford?

—Creo recordar que usted me dijo que el fantasma le había dirigido una vez la palabra en el desván. ¿Qué acento tenía?

—¡Al diablo! ¡Yo qué me voy a acordar...! Y... y qué es lo que Arthur le cuenta?

—Me ha obligado a prometerle no decir nada. Como a lady Pamela. Lo único que puedo revelar es que me está pidiendo continuamente que me quede en Malvenor Castle para echarle una mano. ¿No es como para ponerse a temblar?

Había querido fastidiarle un poco a Winston, pero, un vez más, había medido mal mis fuerzas. El pobre chico pegó un brinco, se puso amarillo y empezó a soltar palabras sin sentido.

Yo le daba palmaditas en la espalda:

—¡Vamos, Winston! Que no estoy tan loco como para asociarme con Arthur. Porque ¿adónde nos conduciría ello a nosotros tres, eh?

—¡Sencillamente a la locura, John! Se lo pido por favor, ¡no escuche a Arthur! ¡Es un vil farsante!

Winston tenía un aspecto tan abatido que, finalmente, le acompañé como me había pedido.

Al momento de dejarme, me cogió por un brazo...

—En nombre de nuestra amistad, John, le pido que me prometa una cosa.

—Usted dirá.

—Pues que si le pescan... que no me denuncie. No sería elegante...

—En ese caso, no sé cómo iba a explicar mis habilidades fotográficas sin hacer alusión a usted...

—¡Ni hablar, hombre! ¡Pero si en Malvenor todo el mundo está enterado de la instalación fotográfica del profesor Dushsnock! ¡Poco que se han reído de eso! Usted podría haberse enterado del asunto, e incluso de algunos detalles, por los cotilleos de la cocina, que usted habría oído desde la escalera de caracol...

—Tiene usted razón, Winnie, puede contar conmigo.

Winston me dio un abrazo, muy emocionado, y estuvo a punto de quemarme con su vela.

—Se lo agradezco desde lo más profundo de mi corazón, John. Es usted un *gentleman*.

¡Qué distinto sonaba eso, de aquello otro de «vagabundo cojo»! Decidí cumplir esta última promesa, si llegaba el caso, ya que no había podido cumplir la primera que le había hecho.

14 *Una liebre que pone los pelos de punta*

DESDE las 9 de la mañana, y a pesar de que no era día de visitas, unos cuantos coches llenos de curiosos, animados por el buen tiempo, se presentaron frente a Malvenor Castle. A las 10, lord Cecil decidió abrir sus puertas a la invasión. La oleada aumentó después de las 11, disminuyó a la hora de la comida, subió de nuevo por la tarde, para ir cayendo al mismo tiempo que el día.

De hora en hora, como una marea, las olas subían hasta la habitación de Arthur y luego se retiraban.

Y de hora en hora, yo oía desde mi desván la voz bien timbrada de James, que explicaba en el piso de abajo, además del estribillo habitual, lo siguiente:

—*Ladies* y *gentlemen*, al lado del boliche ensangrentado pueden ustedes admirar, en ese marco de plata, la fotografía de Arthur Swordfish, quinto marqués de Malvenor... O, mejor dicho, la de su fantasma, tal como fue tomada muy recientemente en este castillo, en la noche del 13 al 14 del presente mes de agosto, gracias a la vigilancia solícita del profesor Fíleas Dushsnock, licenciado en filosofía.

»Pueden ustedes comprobar que, por razones aún misteriosas, el ectoplasma ha querido posar de tal forma que la cabeza quedara fuera del clisé.

»Es la primera vez en el mundo que un fantasma histórico ha sido captado por un objetivo humano, y no es preciso recalcar el enorme interés científico y oculto de la prueba que están ustedes contemplando. Prueba que, por lo demás, ha recibido los honores de toda la prensa británica, y a la que el *Times* ha hecho una alusión cargada de sensatez.

»¡Y no ha sido ninguna casualidad que la primera fotografía de un fantasma sea escocesa! Escocia, patria de los más hermosos fantasmas, Escocia tenía que aportar esta piedra original y decisiva al gran monumento del estudio de los fantasmas.

»Mañana celebramos el 418 aniversario del salvaje asesinato de Arthur, y no cabe la menor duda de que su fantasma estará presente entre nosotros de una manera más particular que nunca. ¡No toquen la fotografía, por favor! Es, por decirlo así, una pieza única.»

El tremendo jaleo que yo había provocado en Malvenor Castle, y en toda Inglaterra, con unos medios tan ridículos, con el único objeto de conseguir para Winston una buena nota en latín, me tuvo todo el día sumido en profundas reflexiones. Tan profundas, en todo caso, como mis pocos años me lo permitían.

Yo estaba tremendamente impresionado por la enorme credulidad de las personas mayores, que creían en fantasmas o se dejaban convencer de su existencia por unos procedimientos tan simples. Yo podía haber perdido de golpe todo el respeto hacia los adultos. Aunque no fue así, porque tuve el suficiente sentido común como para comprender, antes que otros muchos, hasta qué punto es universal el error. Los hombres, igual que los niños y las mujeres, están expuestos a equivocarse, a ser engañados y a engañar a otros, con una impresionante buena fe. Los niños tienen unos errores, los adultos otros, que a veces son los mismos. De pronto sentí como si me hiciese mayor ante aquella evidencia. Y al mismo tiempo descubrí hasta qué punto es penoso hacerse de verdad mayor; es decir, no incrédulo, sino creyente en todo cuanto merece ser creído y amado.

También me pasó por la cabeza la idea de que si la gente se movilizaba a la búsqueda de fantasmas, era porque tenía necesidad de una verdad, la que fuese, que no sabían encontrar en su vida diaria. Y de una verdad que diese miedo, porque el miedo es una maravillosa distracción, tanto para los adultos como para los niños. La gente que no tiene miedo de nada, se aburre; cuando no se distraen asustando a los demás... Pero, la mayor parte de las veces, los que se divierten asustando a los otros, ellos mismos no están muy tranquilos.

Estuve en un tris de marcharme de Malvenor Castle aquel 18 de agosto y, desde luego, si lo hubiese hecho me habría ahorrado unas emociones horribles. Pero me dije a mí mismo que el domingo, en aquella época del verano, habría muchísima más gente, con lo que escaparía mejor a las miradas de James. Además, tenía ganas de darme una última comilona antes de reanudar mi camino errante por los Highlands.

Haciéndole los honores a aquella última comida estaba, cuando Winston vino a despedirse de mí. La inminencia de mi marcha debería haber bastado para devolverle un poco su buen humor y su apetito; pero es que, además, tenía otros motivos para estar contento...

—¿Se ha dado cuenta del desfile durante todo el santo día, mi querido John? Nos hemos visto obligados a comer cualquier cosilla y de cualquier forma. ¡Pero James ha hecho una taquilla increíble! A poco que esta afluencia dure una semana, mi padre va a tener con qué arreglar la torre sureste, que la marcha de Truebody dejaba en la ruina. Papá tiene mucho interés en ello porque fue en el segundo piso de dicha torre donde nacieron las dos mellizas, una bonita mañana de primavera. Sólo hace cuatro años que abandonamos ese pabellón, después de una tormenta que derribó la techumbre.

—Si las visitas disminuyen, siempre puede usted fotografiarse en mi lugar, puesto que la primera «obra de arte» no tenía cabeza.

La idea le hizo reír a Winston:

—¡Pero antes tendría que adelgazar un poco! Lo importante es que mi padre está de un humor excelente, y que toda la casa se beneficia de ello. Tía Pamela casi le ha convencido de que Arthur fue al fotógrafo con el fin de atraer clientes a Malvenor, con todas las ventajas que de ello pueden derivarse.

»De todas formas, la desgracia de Truebody y el ataque cardíaco del periodista han supuesto un excelente suplemento de publicidad: *¡Un industrial y un periodista, fulminados por el ectoplasma de un pirata!* ¡Vaya titular! ¿Eh? ¡Y eso, sin hablar de los dramáticos comentarios acerca de la fotografía del orinal hecho trizas! A veces pienso que la fotografía es el mejor modo de mentir. ¿No será, tal vez, lo que da a los imbéciles la mayor ilusión de realidad?

Estuvimos saboreando un poco de aquí, un poco de allá, por toda la despensa, hablando de cosas sin importancia. Winston estaba admirado de mi apetito...

—¡Se diría que está aprovisionándose para una semana, John!

Un poco avergonzado, tuve que reconocerlo:

—¡Qué pena que no pueda uno comer para un mes entero...!

Bajamos a la bodega a bebernos una última *Guinness*. Después, con grandes muestras de cariño, Winston me prestó dos libras esterlinas que, a su vez, había pedido a lady Pamela; también quiso regalarme su reloj, cosa que rehusé:

—Si me cogen con su reloj encima, Winnie, dirán que usted me lo ha regalado o, peor aún, que yo se lo he robado.

Winston no había pensado en esa eventualidad, y agradeció vivamente mi previsión. Luego, abrazándome por última vez, tuvo el valor de volver solo a su habitación. Yo le veía, es verdad, triste por mi marcha pero, por otra parte, muy aliviado.

En Winston, como en cada uno de nosotros, había un lado bueno y un lado malo. Oficial distinguido, condecorado con la Cruz de la Victoria por su comportamiento heroico durante la retirada de Dunkerque, en la que tuvo que pasar por encima de un regimiento francés que pretendía embarcar antes que el suyo, moriría de una indigestión aquel mismo año de 1940, en un bombardeo aéreo, con su medalla de lacito rojo sobre el corazón. ¡Que Dios le tenga en su gloria!

Conmovido por la despedida y por la *Guinness*, asediado por vagos remordimientos —debidos en parte a mi última comida— me tentó la idea de hacer, antes de marcharme, algo especial para agradecerle a lord Cecil su hospitalidad.

Hasta entonces le había procurado, es verdad, preciosos visitantes; pero había sido sin hacerlo aposta, y eso no tenía mérito. ¿No sería estupendo organizar una última manifestación fantasmal que le proporcionaría muchas más ventajas al coincidir con el 418 aniversario del asesinato de Arthur?

Ahora bien, ¿qué hacer que fuese eficaz pero que, por otra parte, no me expusiese a ningún peligro ni turbase el sueño de mis anfitriones?

Fui a mirar la hora en el reloj de la cocina: la una de la madrugada, pasada. ¡Había comenzado el domingo 19!

En la despensa, unos dátiles de Irak, brillantes y

untuosos, llamaron mi atención y, por pura gula, me comí uno, después dos...

Al lado de la fuente de los dátiles había una gran liebre desollada, que estaba allí esperando a que la guisasen encebollada. La sangre de la liebre llenaba hasta arriba un tazón. La señora Biggot —lo mismo le había visto yo hacer a mi hermana mayor con un conejo— había debido de echar a la sangre un chorreoncillo de vinagre para que se conservase el tiempo necesario. El vinagre tiene la propiedad de impedir que la sangre se coagule.

Antiguamente, cuando los grandes comilones —como Winston— tenían la sangre demasiado espesa, su barbero les ponía todas las mañanas una inyección de vinagre en la vena cava, lo cual, por otra parte, los ponía de mal humor durante todo el día. Y más aún si el barbero añadía una pizca de pimienta en el vinagre, a fin de hacerlo más picante. De ahí las expresiones: «Tener un carácter avinagrado» o «Estar picado»... Pero... ¿por qué me miráis así, queridos niños? Una broma de paso no hace mal a nadie...

En resumen, que aquella sangre avinagrada de la liebre era la solución a mi problema.

Cogí el tazón, subí a la habitación de Arthur y embadurné abundantemente con sangre fresca el famoso boliche, que reposaba dentro de su estuche de terciopelo color amaranto. Y para darle más emoción al 418 aniversario, dejé sobre la madera negra de la mesa, cerca del estuche, la huella sangrienta de una mano de niño.

Cuando iba a dejar el tazón en la despensa, se me ocurrió la idea de llegarme hasta la gran biblioteca, en donde la biblia de 1503, el «casi incunable», merecía que se ocupasen de ella.

Estuve cavilando un rato delante de aquel grueso libro, abierto dentro de su vitrina por la primera página del Apocalipsis. Sentía escrúpulos de trazar sobre aquella venerable biblia, los caracteres surgidos de mi imaginación. Era mejor recurrir al texto sagrado...

Me acordé entonces de un pasaje de la biblia que le gustaba mucho a mi antiguo maestro, el señor Bounty, quien disfrutaba leyéndolo a sus alumnos para meterles miedo y recordarles el montón de castigos que, antes o después, caen en este mundo o en el otro sobre los malos estudiantes y los irresponsables: la historia de Baltasar, último rey de Babilonia, que vio cómo una mano de ultratumba escribía unas palabras indescifrables en el muro de su palacio, mientras su enemigo Darío se hallaba a las puertas de la ciudad, listo para degollarle aquella misma noche.

De memoria me sabía yo las palabras fatales escritas en la pared de la sala del festín y que sólo pudo traducir el profeta Daniel: *Mane, Técel, Fares*.

Levantando la vitrina de cristal, escribí con grandes letras, con mi índice sangriento, las tres palabras bíblicas, al comienzo del Apocalipsis. Y para impresionar todavía más, dejé una segunda huella de mi mano ensangrentada sobre el cristal de la vitrina.

Y me acosté con la tranquilidad de haber saldado —en la medida de lo posible— mi deuda con el hospitalario lord Cecil. Mi montaje escénico le procuraría el equivalente a lo que yo había comido y bebido en su casa; o incluso más...

ME DESPERTO, ya en pleno día, el bullicio de la primera visita del domingo, en el piso de abajo.

Me había parecido notar la víspera, a juzgar por el tiempo que transcurría entre la entrada de los visitantes y su irrupción en la sala del crimen, que James

—sin duda a petición de los curiosos— había modificado el itinerario durante la tarde: puesto que los visitantes venían ante todo y sobre todo para ver la habitación de Arthur y la fotografía allí expuesta, se había resignado a enseñárselas en primer lugar, aun a costa de abreviar el resto de la visita.

Oí, pues, la voz de James largando como un autómata su rollo. James parecía todavía cansado por el trabajo de la víspera, y como si no estuviese despierto del todo. Su habitual perspicacia aún no se había percatado de la novedad de la sangre...

Siempre impávido, James proseguía su discurso:

—Desde entonces —y es un hecho atestiguado por las mejores guías de Escocia e incluso por la *Guide Bleu* francesa —el fantasma insatisfecho de Arthur vaga por Malvenor Castle. Y el 19 de agosto, a poco que la atmósfera sea favorable... (Si había tormenta, James decía: «a poco que haya tormenta». Pero si el tiempo era bueno, hablaba púdicamente de «atmósfera favorable». ¡Condenado farsante de James!)

—... sucede que el boliche se tiñe mist... mist... misteri... ¡¡Oh, santo cielo...!!

El «misteriosamente» no pudo salir de la boca.

Oí entonces el ruido de un cuerpo al desplomarse en el suelo, en medio de los gritos de horror de la asistencia, repentinamente privada de un guía tan seguro. ¡James se había desmayado de miedo!

Hubo que suspender las visitas. Hacia las tres de la tarde, bajo un sol radiante, una gran multitud de gente, que se había ido congregando poco a poco delante de Malvenor Castle, se impacientaba y vociferaba, argumentando, con razón, que, indiscutiblemente, era día de visita.

Lord Cecil tuvo que capitular y se reanudaron las visitas. Preocupado por la salud de James, me sentí aliviado al oír de nuevo su voz. Aunque ahora, James peroraba con mucha menos fuerza y, desde mi desván, me costaba oír lo que decía.

Ya era hora de marcharme, y estaba muy satisfecho del enorme éxito de mi caritativo gesto. El mismo James, tan malparado por un instante por el fantasma de Arthur —del que había estado hablando durante tanto tiempo sin creer en él— se consolaría con las propinas. El domingo anterior yo no habría podido dejar en su mano ni una moneda. Ahora me desquitaba de una forma impresionante... y muy discreta. Me marcharía de Malvenor Castle sin deberle nada a nadie.

15 Pequeña causa...
efectos fantasmales

Mucho me hubiese gustado marcharme del castillo con cualquiera de los disfraces, pero no habría llegado muy lejos. Busqué, pues, mis viejos vestidos, que yo mismo había desperdigado entre los otros antes de aquel registro general que tanto me había asustado.

Encontré enseguida todas mis cosas, excepto el pantalón. ¿Dónde podría estar aquel maldito pantalón? Seguramente, el personal de lord Cecil había revuelto todo... Pero el pantalón no podía andar muy lejos.

Después de tres cuartos de hora de inútiles esfuerzos, acuciado por la hora, decidí ponerme cualquier otro pantalón. Revolví una y otra vez todo lo que allí había... Caía ya el día cuando no tuve más remedio que hacer esta penosa constatación: los pantalones de los diferentes disfraces, los que eran de mi talla eran demasiado «originales», con lo que llamaría inmediatamente la atención de James, e incluso la malévola curiosidad de cualquier otra persona; y en cuanto a los pantalones normales eran cuatro veces más grandes que yo. Y respecto a largarme sin pantalones... tendría que esperar a las nuevas modas de fin de siglo...

El día se iba terminando rápidamente y oí cómo subía la última visita, mi última oportunidad de evadirme aquel domingo. Si faltaba a mi palabra, si me quedaba un día más en Malvenor Castle por un motivo tan ridículo, ¿qué diría Winston?

Empecé a perder la cabeza. Algunos vestiditos de niña parecían más o menos de mi talla. ¿Por qué no probarme alguno? En la oscuridad que ya empezaba a reinar, con mis cabellos bastante largos, pues el señor Greenwood no me los había cortado desde hacía meses, fácilmente podría pasar por una chica; al menos el tiempo necesario para engañar a James e ir a comprarme, con mis dos libras esterlinas, unos vestidos masculinos de segunda mano en casa de cualquier trapero.

Un vestido de popelín blanco era demasiado elegante. Me decidí por otro de algodón a cuadritos azules y blancos, que Alice o Agatha habrían usado para jugar en el jardín cinco o seis años atrás.

Los últimos visitantes del día salían de la habitación de Arthur, cuando me di cuenta de que se me habían perdido los zapatos. ¡Me puse nerviosísimo! Para cuando los encontré, James y su caravana habían abandonado ya la torre...

Aquello era, francamente, muy desagradable; aunque... en fin, tampoco era tan dramático. Si le pidiese prestado un pantalón a Winston, podría marcharme fácilmente al día siguiente por la mañanita.

Pero Winston que, naturalmente, estaría tan seguro de que yo me había marchado, no apareció durante mi cena. No me quedaba más solución que subir y despertarle. Alumbrándome lo más discretamente posible con unas cerillas, subí de puntillas por la gran escalera de la sala de guardia, torcí a la izquierda, tiré por el largo corredor hasta el gabinete de ciencias naturales en el que entré con infinitas precauciones, con miedo de que Júpiter hiciera alguna de sus gracias.

A mi derecha tenía la puerta del profesor Dushs-nock. A mi izquierda, la de Winston. Por debajo de la puerta del profesor se veía la raya de luz procedente de la veladora. El dormilón, al igual que lady Pamela, esperaba sin duda una nueva visita de Arthur, idea que me hizo reír. En cambio, las juntas de la puerta de Winston no descubrían ninguna claridad. Debía de estar durmiendo a pierna suelta.

Entreabrí la puerta sigilosamente y encendí una cerilla: en efecto, Winston estaba en su cama y dormía apaciblemente con un sueño reparador. Entré, cerré la puerta tras de mí, me acerqué a la cama, encendí una segunda cerilla y llamé a Winston:

—¡Winnie! ¡Winnie! ¡Soy yo, John! Winnie, despiér-tese. ¡Necesito un pantalón!

Winston abrió los ojos al oír esto último, justo cuando se apagaba mi cerilla. Mientras buscaba una tercera cerilla, insistí en el objeto de mi visita:

—¿No tendrá por ahí un pantalón viejo? Uno de hace dos o tres años...

Mi tercera cerilla lanzó un breve fogonazo, que iluminó más mi traje de chica que la cara de Winston, y se apagó al momento.

—Ya le devolveré el pantalón uno de estos días...

Y fue en ese momento cuando Winston se puso a gritar, pidiendo socorro con toda la fuerza de sus pulmones.

Me pegué tal susto que se me cayó la caja de cerillas antes de salir pitando como alma que lleva el diablo. A todo correr en medio de la oscuridad, choqué contra la pared, buscando desesperadamente la puerta, mientras Winston continuaba aullando:

—¡Socorro, profesor Dushsnock! ¡Arthur está aquí!

Yo no me encontraba en circunstancias de gozar de lo ridículo de la situación. Los ladridos de Júpiter acaban de estallar, haciendo aún más inútil cualquier tentativa de explicación.

Encontré finalmente la puerta, que me emperré en abrir al revés. Alocado, también yo me puse a gritar:

—¡Socorro! ¡Socorro! ¡Estoy preso!

La voz del profesor Dushsnock retumbó entonces:

—¡Animo, Winston! ¡Resista! ¡Ya voy...!

La puerta que yo estaba martirizando, quiso por fin abrirse por milagro, y me lancé corriendo por el gabinete de ciencias naturales, tan oscuro como la habitación de Winston, tirando al pasar frascos llenos de serpientes en alcohol, y tribus enteras de animales disecados, en medio de un tremendo estrépito de vidrios rotos y de muebles que chocaban unos contra otros. Corriendo en zigzag en medio de aquel desastre, arremetí contra una puerta, que abrí de un empujón, y me precipité en el corredor...

Recibí entonces un fogonazo de magnesio en plenos ojos, que me lanzó, a tientas, hacia la buena dirección...

Por un momento pensé que me habían cogido porque, al disparar el *flash*, el profesor Dushsnock lanzó un feroz grito de triunfo:

—¡Ya lo tengo, Winston!

Quería decir que ya tenía su fotografía.

Después, muchas veces he pensado en las reacciones tan desconcertantes del profesor Dushsnock. Le hubiese bastado con alargar el brazo, para agarrarme por el cuello como a un conejo. Sin embargo, con una sangre fría admirable, anteponiendo sus estudios a cualquier otra cosa, había preferido sacar una foto.

Pienso que, también hoy, una cierta falsa ciencia prefiere las apariencias a las realidades... Pero eso es harina de otro costal...

Pasé horas y horas en equilibrio en lo alto de mi viga, recobrando poco a poco mi sangre fría, pero temiendo confusamente toda suerte de desgracias. Había tenido mala suerte, tanto con Winston como con el profesor Dushsnock. ¡Pues sí que le hacía falta a este último una nueva foto!

Después de aquella noche toledana, pasé el lunes 20 de agosto dormitando y comiéndome los codos de impaciencia. De la mañana a la noche, Malvenor Castle fue una ininterrumpida romería de visitantes. Todo era un rumor continuo y un ruido sordo de pisadas. La voz de James empezaba a ponerse ronca. La noticia del misterio de las manos sangrientas se había extendido ya, y la segunda proeza fotográfica del profesor Dushsnock iba a echar nuevo pasto al escepticismo o a las pasiones contradictorias.

Aguardaba con impaciencia el momento de bajar a la despensa, en la que tenía buenas razones para pensar que Winston no me dejaría plantado.

Se me había, incluso, adelantado y estaba fuera de sí:

—¡Pero bueno!... ¿Qué está haciendo usted aquí todavía? ¿Qué mosca le ha picado para seguir jugando a los fantasmas? ¡No ha faltado ni un pelo para que ocurriese una catástrofe! ¡Es usted incorregible...!

—¡Pero si es que se me habían perdido los pantalones, Winnie!

—¿Los pantalones? Entonces... ¿era verdad? ¿No fue un sueño...?

Me expliqué, me justifiqué al detalle, y concluí con firmeza:

—¡Cómo iba yo a imaginarme que usted se iba a poner a chillar como un endemoniado, y todo por pedirle unos pantalones viejos! ¡Dushsnock ha sido más valiente que usted!

Lo que dije le molestó y Winston me respondió muy picado:

—¡Pero es que tiene usted cada cosa...! ¡Póngase en mi lugar! Yo estaba más que seguro de que usted ya se había marchado, y de pronto, pegándome un susto tremendo, me despierta una niña pidiéndome unos pantalones. Naturalmente pensé que era otra gracia de Arthur. Bueno, eso de «pensar» es un decir, porque no podía pensar nada. ¡Menudo jaleo hay en Malvenor desde que usted puso aquí los pies! ¡Uno ya no distingue entre los verdaderos fantasmas y los falsos, y cada día que pasa es peor!

Al final tuve que reconocer que había obrado con muy poca diplomacia, y Winston fue sensible a mi humilde retractación. Le acabé de tranquilizar cuando le juré solemnemente que me marcharía con la primera visita del martes, que ya empezaba a despuntar, a condición de que me encontrase unos pantalones.

—No se preocupe por eso... ¡Tres pantalones si hacen falta!

—Hoy me habría podido marchar, Winnie, si usted se hubiese atrevido a traerme unos pantalones anoche, después de haber reconocido su error.

—¡Pero hombre, John, si yo no comprendí absolutamente nada hasta que el profesor Dushsnock me enseñó, ya de día, la foto! Tenga, aquí le traigo una copia, quédesela de recuerdo.

La segunda foto estaba mucho más clara que la primera, y Winston, naturalmente, no debió de tener gran dificultad para reconocer mis rasgos.

—¡Qué mala pata! —suspiró Winston—. ¡Qué complicación más inútil! El profesor Dushsnock tiene cada día más calientes los cascos y se pierde en conjeturas para explicar el caso. Y mi pobre padre, que ya está empezando a desatinar a más y mejor, dice que Arthur se ha disfrazado de chica para seducirme, y eso parece preocuparle mucho, aunque no comprendo bien por qué. En cuanto a tía Pamela, no hace más que decir que Arthur tiene una amiguita escondida en el castillo...

»Nuestra conversación, durante la cena, ha sido como para volver loco al más cuerdo. Y ahí no acaba todo... Mientras se aclara la identidad del segundo fantasma, su fotografía se encuentra, desde esta tarde, junto a la de Arthur con el boliche en la mano, al lado de la huella de la mano sangrienta, excitando la pasión de la muchedumbre...»

Me apresuré a interrumpir a Winnie, para pedirle explicaciones sobre este último detalle que, desde luego, yo conocía mucho mejor que él.

—¡Ah, claro, es que usted no está al corriente, John! ¿Dónde tendré yo la cabeza? En fin, sepa usted que durante la noche anterior al día en que tenía usted que haberse largado, Arthur —¡el verdadero!— dejó unas manchas de sangre en el boliche y en el «casi incunable». Al descubrirlo durante la primera visita del domingo, James se desplomó sin sentido. Y ya empezaba a volver en sí, cuando Alice y Agatha cometieron la imprudencia de contarle lo de la gruesa biblia de la biblioteca, lo de las tres palabras que Arthur había escrito con letras de sangre al comienzo del Apocalipsis...

—¿Qué palabras, Winnie?

—*Mane, Técel, Fares.* ¿Conoce esa historia?

—Como todo el mundo.

—James se quedó como sin fuerzas y temblando, durante más de tres horas. Tiene usted que tener en cuenta que James pertenece a la secta puritana de los *Testigos del Juicio Final* y que, desde que se quedó viudo, vive preparándose para el fin del mundo, que él ha calculado que debe de tener lugar en 1913. Todavía no ha caído en la cuenta de que morir de fin de mundo o de gripe es exactamente lo mismo.

»Esa rareza de Arthur es, por lo menos, preocupante. Y tanto más cuanto que, por razones que el profesor Dushsnock y toda la casa se preguntan, Arthur, en vez de *Técel* ha escrito *Téckel*...

¡Demasiado claras eran para mí las razones de mi lapsus, después de todas las molestias que me había causado el dichoso perro! Me sentí muy avergonzado, ya que siempre he estado muy orgulloso de mi ortografía.

—Y desde entonces —prosiguió Winston—, las mellizas se divierten persiguiendo a James y gritándole: «¡Uáaa! ¡Uáaa!»... ¿Se da usted cuenta del manicomio que es esta casa? No tiene nada de extraño que la histeria se haya apoderado del público, ya que toda la familia está histérica. En todas las visitas, a unas cuantas mujeres les da un patatús... Mañana —por cierto el día de su marcha, no se olvide, por lo que más quiera— el comisario nos va a enviar a un agente de policía; el hospital, dos enfermeras; y el pastor de la iglesia vendrá a decir unas cuantas oraciones para exorcizar a Arthur, que ya comienza a exagerar un poco...

Sinceramente, tuve que reconocer que mi marcha se hacía de todo punto necesaria...

Winston manifestó la intención de ir a buscarme un pantalón, y me ofrecí a acompañarle, al menos hasta el salón de baile, como lo había hecho otras veces para que no pasase miedo...

—¡No merece la pena, John! Gracias de todos modos. Al final uno acaba por hacerse fatalista, ya sabe usted... Total, un fantasma de más o un fantasma de menos... Aparte de eso, ocurre que un tal Julius Gripsoul *junior* ha llegado esta tarde, después de comer, en un coche eléctrico último modelo, y mi padre lo ha alojado en la habitación del príncipe Alberto... o de Truebody, como usted prefiera. ¡No vaya a ser que padezca insomnio!... Más vale que no se exponga a encontrárselo en el descansillo de la escalera.

Le pedí más información acerca de aquel personaje de nombre tan raro, y Winston me dijo:

—Lo único que sé de él es que es americano, que es multimillonario en dólares, que se hallaba en viaje de negocios en Londres cuando la prensa habló de Arthur, y que es un hombre que se interesa mucho por los fantasmas. Yo no le he visto más que un momento. Tiene una gorda cabezota de becerro ingenuo, y pelos en la nariz y en las orejas... algo así como el perejil.

Después de aquella descripción, Winston se ausentó y regresó diez minutos más tarde con un pantalón muy bueno. Ya nos habíamos despedido, y con mucha emoción, anteriormente. Escenas de esa índole no se repiten sin caer en el ridículo. Así pues, nos despedimos para toda la vida con un cordial apretón de manos.

Subí a cambiarme. El pantalón me estaba más bien grande, pero en fin, podía valer. Al guardarme las dos libras esterlinas en el bolsillo, tuve un recuerdo emocionado para tía Pamela, a quien le debía semejante riqueza, veinte veces más de dinero del que jamás había llevado yo encima. Yo sabía que, cada noche, aguardaba tía Pamela en su lecho de enferma la visita de Arthur con impaciencia. Y yo había prometido volverla a ver. ¿No sería justo y elegante ir a decirle dos palabritas de despedida?

Todavía hoy me es imposible resistir a mi buen corazón...

16 Una visita de cortesía que acaba mal

TIA PAMELA estaba despierta, y su voz chillona de vieja un poco dura de oído sonaba detrás de la puerta cerrada:

—Pues si usted ya ha desayunado, mi querida Alejandra, ya podía hacerme compañía un ratito... ¡Tengo tantas cosas apasionantes que contarle!... ¿Que la esperan para jugar al golf?... ¿Con unos chinos? ¡Qué barbaridad, jugar al golf con unos chinos! En mis tiempos no se hacía eso. ¡Dios mío qué moderna es usted, querida!... Bueno. Hasta pronto.

Mi primera intención había sido marcharme pues pensé que tía Pamela no estaba sola. Pero enseguida comprendí que estaba hablando por teléfono, y mis temores emprendieron otro derrotero:

¿Quién podría ser la tal Alejandra, que desayunaba a la una de la madrugada, antes de ir a jugar al golf en plena noche con unos chinos? ¿Se trataría, tal vez, de unos fantasmas que jugaban con pelotas de golf fosforescentes a la luz de fogonazos de magnesio? ¿Me habría ocultado tía Pamela su secreto? ¿Sería, realmente, una auténtica experta en ciencias ocultas... de las de verdad... si es que existen?

Me temblaban las piernas, y me apoyé de golpe contra la puerta para no caerme.

—¿Arthur? ¿Es usted?

Balbuceé con una voz lamentable:

—Sí, tía Pamela, soy yo. No me encuentro bien.

—Bueno, pues entre y se sentirá mejor. Un momento... Ya, ya puede entrar.

Entré y de nuevo fui a sentarme junto a la cabecera de la cama de tía Pamela, a la luz tranquilizadora de su lamparilla. Por mucho que se dedicase a telefonear a los fantasmas, era, sin embargo, una anciana simpática y llena de experiencia; y tenía una lámpara que alumbraba muy bien.

—¡Pero bueno! ¿Qué broma es esta, Arthur? ¿A santo de qué viene disfrazarse ahora de niño pobre? ¡Y con esos pantalones que parecen un saco de patatas!

Eché mano de todos mis recursos y le dije:

—Me he disfrazado para el viaje, mi querida tía Pamela. De pobre, pasaré desapercibido, puesto que los pobres son, con mucho, los más abundantes.

—¿Para el viaje?

—Sí, esta misma noche me marcho de Malvenor Castle. Pero volveré...

—Y ¿se pueden saber, Arthur, los motivos de esa increíble decisión?

Reflexioné un momento...

—Me voy... para no acarrearle a este castillo unas desgracias enormes.

—¡Esto sí que tiene gracia! ¿Después de todo lo que ya ha hecho?

—¡Justamente por eso! Por defender la felicidad de Alice, casi asesino a Truebody, y a un periodista le he hecho enfermar gravemente. Para levantar las finanzas de lord Cecil, he estado a punto de matar a James y he provocado una auténtica revolución en Malvenor..

—Eso es verdad, mi querido pequeño, se le ha ido un poco la mano...

—¡Qué difícil es hacer bien las cosas, tía Pamela!

No bastan las buenas intenciones. Si me quedo me dejaría llevar a generosas improvisaciones. ¿Y qué ocurriría entonces?

Tía Pamela parecía muy impresionada por mis razonamientos.

—Lo que usted dice es una gran verdad, Arthur. ¡Cuánta sabiduría, para su edad!

—Tengo más de cuatrocientos años, tía Pamela. Y eso ya es algo ¿no?

—¡Oh, es verdad, lo había olvidado. Como se conserva usted tan bien... Verdaderamente, ¡qué suerte más grande tuvo usted al morirse joven! ¡Los que mueren jóvenes son elegidos de los dioses! Yo, en cambio, no seré más que un viejo fantasma que no se podrá presentar a nadie. ¡Daré miedo...! Quiero decir... sin hacerlo aposta. ¡La más triste forma de dar miedo!

Quise consolar a tía Pamela, pero ella ya había saltado a otra idea:

—¿Y su joven amiguita? Esa que se parece tanto a usted, la que el profesor Dushsnock fotografió tan lindamente anoche. ¿No nos dará la alegría de dejarla entre nosotros?

—Esto... bueno... me gustaría mucho... También a ella le gustaría mucho... Pero, realmente, a Malvenor Castle le conviene un poco de tranquilidad.

—Le comprendo. A los fantasmas les gusta la soledad, la reflexión...

Me levanté de mi sillón para marcharme.

—¡Oh, Arthur! ¿Ya me abandona?

—Tengo que hacer las maletas, tía Pamela. Y las de... de Sofía.

—Es verdad, realmente tiene usted una gran colección de trajes... En fin, buen viaje, Arthur. Y, a todo esto, ¿adónde va a ir?

—¡Oh!... una simple vuelta por los castillos de los alrededores...

Lady Pamela me alargó su mano para que se la

besara, pero yo, maquinalmente, la estreché entre las mías, sin comprender lo que ella aguardaba de mi refinada educación de alta sociedad. Noté en su cara, aunque sin comprender el motivo, una cierta extrañeza.

—¡Ay, Arthur, esto se acabó! —murmuró tía Pamela muy emocionada—. Ya lo único que me queda para hacer llevadera mi soledad es telefonear a Shanghai. Ahora allí es de día. Gracias al teléfono, como ve, nunca es de noche para mí. Eso, cuando a uno le queda poco tiempo de vida, es una gran ventaja...

Mi maestro, el señor Bounty, nunca me había hablado de los husos horarios, y el discurso chino de tía Pamela me impresionó mucho. Solté su mano.

De repente se llevó la mano a la boca para ahogar un agudo grito de terror, un grito igual al que yo había oído una mañana cuando ella descubrió, al despertarse, que un fantasma había mordido su manzana, empleando para ello su dentadura postiza.

—¿Qué... qué... qué le ocurre, tía Pamela?

—¡Sus manos están calientes, Arthur!... Ca... ca... ¡calientes!

—¿Y cómo quiere que estén?

—¡Las manos de los fa... fa... fantasmas siempre están fri... fri... frías!

Los dos temblábamos como unos azogados.

No se me ocurrió nada para salir de aquel apuro, y dije lo primero que me pasó por la cabeza:

—¡Pero si es que me he calentado aposta pensando en usted, tía Pamela! Para no asustarla, eso es. Mire, fíjese bien en la huella que deja mi trasero en el sillón... ¿Es esa la manera de obrar de un fantasma mal educado que va por ahí pegándole sustos a la gente sin motivo alguno?

En un abrir y cerrar de ojos tía Pamela pasó del espanto a la sonrisa:

—¡Oh, Arthur, estoy confundida! No merezco tantas atenciones. ¡Hale! váyase ya, que, si no, aún voy a decir más tonterías...

Me apresuré a salir y me dirigí derecho hacia mi vela que, como la primera vez, había dejado encima de la gran mesa del comedor.

Conmovido todavía por la inocencia de tía Pamela, alargué el brazo para coger mi vela, cuando una mano brutal me agarró por el pescuezo.

—¡Conque nuestro pequeño Arthur se alumbra con una vela...!

Era la voz cruel y empalagosa de James. Del susto perdí el conocimiento.

Volví a recobrarlo a base de sopapos...

—¡Andando, señor fantasma! No obstante lo intempestivo de la hora, Su Excelencia tendrá mucho gusto en hacerle unas cuantas preguntitas...

A pesar de mis quejas, de mis ruegos, de mis tristes lamentaciones, James experimentaba un maligno placer al arrastrarme por la escalera principal hasta el segundo piso. Una vez allí, y siempre con su bulto, siguió por un corredor que había a la izquierda, abrió una puerta situada al fondo, y me empujó dentro de un amplio despacho, donde me soltó un momento, el tiempo necesario para encender dos lámparas de petróleo, apagar la vela que me había confiscado y llamar a la puerta de lord Cecil...

En la medida en que pude darme cuenta de las cosas en aquella terrible situación, el despacho se hallaba situado justo encima del gabinete de ciencias naturales, y el aposento de lord Cecil, encima del del profesor Dushsnock.

—¡Soy yo, James, Excelencia! ¡El fantasma ha caído!

La voz cansada de lord Cecil acabó por responder:

—¿Otra vez? Está bien. Gracias por avisarme. Ya veré mañana esa tercera fotografía... ¡Buenas noches, James!

—Su Excelencia no me ha entendido bien. ¡Acabo

de cazar yo mismo un fantasma de carne y hueso!

—¿Eh? ¿Qué? ¿Cómo?

—Sí, Excelencia, así es. Y está aquí, en el despacho, delante de mis narices. Tenga la bondad Su Excelencia de venir a comprobarlo por sí mismo.

Durante aquella breve conversación a través de la puerta, yo, instintivamente, me había ido acercando a una gran puerta de cristales que daba al oeste, encima de un balcón. Pero la tal puerta se hallaba bien cerrada, por miedo a las tormentas. Pero aunque hubiese estado abierta, no habría podido ir yo demasiado lejos.

Cuando lord Cecil empezó a lanzar exclamaciones de sorpresa, que anunciaban su inminente entrada en el despacho, fui presa de tal pánico que de un salto me escondí detrás de la cortina de la puerta, que estaba recogida.

Por eso, cuando, un instante después, James se volvió hacia su presa, no vio más que un despacho vacío; y lord Cecil, que llegó al momento, tampoco vio nada más.

Ahogándome de angustia detrás de la cortina, oí la siguiente conversación:

—Bueno, James... ¿Y ese famoso fantasma?

—Pero... ¡si estaba aquí hace un segundo, Excelencia!

—No le estoy preguntando dónde *estaba*. Le estoy preguntando dónde *está*.

—¡El corredor! Me había dejado la puerta medio abierta... ¡Se habrá escapado por detrás de mí hacia el corredor!

James se lanzó fuera de la habitación, y oí cómo iba disminuyendo el ruido de su carrera. Atreviéndome a echar una rápida ojeada desde detrás de mi cortina, pude distinguir la gran anchura de espaldas de lord Cecil, en batín, que miraba el desierto corredor desde el umbral de la puerta, con una lámpara en la mano.

Me daba la espalda. Y como James se había llevado la otra lámpara, había muy poca luz dentro del despacho.

De un momento a otro, James volvería con las manos vacías. Registraría entonces la habitación y me echaría el guante en menos de un minuto. ¿Dónde podría yo esconderme?

A seis pasos de mi cortina, la puerta de la habitación de lord Cecil se había quedado abierta de par en par, y una lámpara de cabecera iluminaba débilmente un lecho enmarcado por cuatro columnas recargadas de adornitos. Como para animarme a cambiar de refugio, el parqué del despacho y el del dormitorio estaban cubiertos de unas alfombras, que ahogarían el ruido de mis pasos.

Conté uno, dos y tres, y corrí hacia la cama de lord Cecil, bajo la que me escabullí, temblando. Desde allí no podía ver más que a ras del suelo, pero pude oír de nuevo:

—Bueno, James... ¿Y ese fantasma?

—No ha tenido tiempo de llegar hasta el final del pasillo en unos segundos, Excelencia. Y las habitaciones que dan a este corredor están todas ocupadas, a excepción de tres que no tienen muebles y que acabo de registrar al volver para acá, como Su Excelencia ha podido ver.

—Bueno, James... ¿Y ese fantasma?

—¡Pues tiene que estar en este despacho, Excelencia! El despacho tiene tres puertas: la del corredor, la del dormitorio de su Excelencia y, frente a ésta última, la de la habitación de la llorada lady Malvenor, que está cerrada con llave desde hace muchos años. Puesto que el odioso bribón que yo atrapé no ha huido por el corredor, y puesto que desapareció mientras yo me hallaba junto a la puerta de su Excelencia, forzosamente está escondido aquí... ¡Y aquí no hay más escondrijo que las cortinas!

Siguió un silencio que parecía traslucir una duda.

A pesar de la seguridad de su razonamiento, James no se daba prisa en ir a verificarlo, y desde mi escondite yo veía sus pies inmóviles delante de los de su amo. Lord Cecil debió de notar aquella contradicción y dijo en un tono sarcástico:

—¡Perfectamente lógico, James! La otra mañana también teníamos la esperanza lógica de descubrir a nuestro fantasma en el desván... ¿Sabe usted que me ha impresionado mucho un dicho del profesor Dushsnock? «Querer aplicar la lógica a los fantasmas es querer abrir una lata de sardinas con un palillo de dientes». Bajo ese vocabulario trivial se oculta una

profunda verdad. ¡Le apuesto veinte libras a que el fantasma no está detrás de la cortina!

—¡Yo no apuesto nunca, Excelencia! Eso es contrario a los principios de mi Iglesia.

—¡Excelente principio esta noche, en lo que a usted se refiere! Puesto que así es, vaya, pues, a ver, sin perder su dinero...

Los grandes pies de James salieron de mi campo de visión, para volver enseguida.

Siguió entonces un silencio, esta vez más largo, que lord Cecil rompió con voz tranquila y protectora:

—Desde un tiempo acá, mi buen James, todos estamos agotados por un exceso de trabajo. Se comprende fácilmente su error...

—Pero, Excelencia, ¡yo no estoy loco! La cosa es muy sencilla: como tenía insomnio, bajé a la biblioteca para buscar en la gruesa biblia una respuesta a algunas preguntas que yo me hacía a mí mismo. Poco después me pareció oír gritar a lady Pamela. Acudí deprisa y, con gran sorpresa, encontré encima de la mesa del comedor una vela encendida. Como lady Pamela ya no decía nada, apagué mi lámpara y me escondí detrás del aparador. Entonces, un chiquillo salió tranquilamente de la habitación de lady Pamela y se dirigió hacia la vela. Y lo agarré del pescuezo...

—Eso le habrá parecido a usted, James.

—¡Puedo garantizar a Su Excelencia que ese maldito tunante era de una consistencia muy sólida, y que hablaba como cualquier hijo de vecino!

—¡Lástima que toda esa consistencia se haya evaporado!

—¡Pero ahí está la vela!

—¡Ya, ya...! Si yo no digo que no...

—Le aseguro, Excelencia, que todo esto es absolutamente incomprensible...

La voz de lord Cecil tomó un aire doctoral:

—El profesor Dushsnock, James, me ha prestado

unos cuantos libros muy técnicos, en los que se dice que algunos ectoplasmas privilegiados poseen una consistencia exactamente igual a la de la carne humana de la mejor calidad. Hasta el punto de poder confundirse con ella.

—Entonces, Su Excelencia piensa que...

—Según todas las apariencias, usted se ha debido de encontrar con Arthur, que se paseaba con una vela para inducirle mejor a error y burlarse de usted. Según el profesor Dushsnock, los fantasmas son muy dados a estas bromas.

—Si Su Excelencia lo dice...

—Yo no *digo* nada, James, yo *constato*. Lo que usted ha agarrado no es más que... aire. No tengo más prueba de sus afirmaciones que una vela. ¡Pues vaya cosa! ¡La casa está llena de velas...! Permítame que me acueste de nuevo: estoy que no me tengo de pie. Y medite el proverbio, James: *Sapiens nihil affirmat quod non probet.* Lo que, en lenguaje llano, significa que el hombre sabio no afirma nada que no pueda probar.

Y así concluyó la conversación entre aquellos dos pares de pies. Los de James se alejaron tristemente, y los de lord Cecil se acercaron a la cama.

17 En el que me prenden y me sorprenden

CON UN alivio imposible de describir, oí que lord Cecil se volvía a acostar. El fenómeno vino acompañado de una lluvia de polvo, sobre las telarañas que ya me cubrían. Me parece que por debajo de aquella cama no habían barrido desde los tiempos de Guillermo el Conquistador. Para salir de aquella posición tan incómoda y peligrosa, tenía primero que aguardar a que se durmiese lord Cecil. Lo que no tuvo lugar inmediatamente.

Primero, lord Cecil disminuyó la intensidad de su lámpara de petróleo casi hasta apagarla, y pronto comprendí que no la iba a apagar del todo. Debía de tener la costumbre de dormir con una veladora. Que fuese una vieja costumbre o que estuviese relacionada con el clima de inseguridad que Arthur había creado desde hacía más de una semana, eso ya no lo sé.

La veladora iluminaba tan poquita cosa, esa es la verdad, que ello no iba a ser inconveniente para mi fuga. Ahora bien, si lord Cecil no estaba dormido, yo saldría de mi refugio para meterme tontamente en la boca del lobo. Pero ¿cómo saber si el lobo dormía o no?

Durante un largo rato, el durmiente dio vueltas y más vueltas en busca del sueño que James le había interrumpido, haciendo chirriar todos los muelles de la cama. Y a cada uno de sus movimientos... ¡venga otra lluvia de polvo!

Al final sucedió lo que tenía que haber sucedido mucho antes: que me entraron unas ganas locas de estornudar.

Ya estaba yo a punto de explotar, cuando lord Cecil, que llevaba sin moverse más de diez minutos, empezó a roncar de una manera suave y muy elegante. Aquel ronquido era de buen augurio, y me ayudó a tener paciencia. Conté hasta cien y, no pudiendo aguantar más, salí apresuradamente de mi escondite... ¡Y estornudé, en medio de una gran desesperación, a los pies mismos de la cama de lord Cecil, y con tanta más fuerza cuanto más me había estado aguantando!

Sacado bruscamente de su primer sueño por aquel ruido insólito, lord Cecil se incorporó nerviosamente y abrió los ojos a un espectáculo de pesadilla: un espectro revestido de telarañas y pelusillas de polvo, más de las que cuatro siglos hubieran podido fabricar.

A la vista de aquella aparición, lord Cecil pegó un brinco como una carpa, dentro de su cama, pero enseguida, avergonzado por aquella debilidad, me dijo con una flema que tenía muchísimo mérito:

—Arthur Swordfish, supongo...

Sin duda yo habría podido salirme de apuros siguiéndole el juego, pero la cantidad tan enorme de susto que tenía encima me impedía el menor fingimiento, y respondí sin pensar:

—John, Excelencia.

—¿John? ¿Un nuevo fantasma?

—No, Excelencia, yo aún voy a la escuela.

—¡Dios Todopoderoso! ¡Tengo una escuela de fantasmas en mi casa! ¡Eso lo explica todo!

Muchas veces, después, he podido comprobar que es más fácil hacerle creer a la gente que hay fantasmas, que convencerle de lo contrario.

Ya no sabía qué decir para salir de aquel callejón sin salida, cuando estornudé una segunda vez, luego una tercera, y al final me entró un ataque de estornudos que me fue imposible dominar.

Vi entonces a lord Cecil cambiar de cara poco a poco, como un hombre que despierta de un sueño. La gente tiene la obsesión de que los fantasmas no estornudan... Además, mi ataque de estornudos iba sacudiéndome todo el polvo y dejando visibles mis pobres vestidos. En cuestión de vestidos de ultratumba, lord Cecil se había creído sin duda todo lo que la imaginación de tía Pamela había podido fantasear. En consecuencia, un fantasma mal vestido no podía ser un fantasma serio.

Entre dos estornudos, vi a lord Cecil levantarse. Se puso el batín, vino hacia mí y me agarró de una oreja, que primero tocó con aire de duda y luego con una firmeza creciente. Finalmente, pellizcándome salvajemente en la oreja, gritó:

—¡Claro que sí, por todos los santos del Cielo! ¡James tenía razón! ¡Esto es tan consistente como lo que más! ¡Esto no es ectoplasma, es bisté!

Lord Cecil soltó mi oreja, que me empecé a frotar lloriqueando. Mis estornudos habían desaparecido por completo.

Luego, lord Cecil me condujo al despacho, encendió las lámparas, tomó asiento en un confortable sillón y a mí me dejó de pie...

—¡Cante todo de una vez, jovencito! Y sea claro, breve y exacto. Y, sobre todo, muy franco. ¡A la más pequeña mentira, no respondo de mí!

Así pues, le conté a lord Cecil, con una voz cada vez más segura, todo lo que podía interesarle, dejando, sin embargo, aparte a Winston. Ciertamente era peligroso mentirle a lord Cecil, pero, por otro lado, el saber que Winston había sido mi cómplice y había saqueado la despensa juntamente conmigo, sólo habría conseguido elevar al colmo la pena y la cólera del infortunado padre.

Me limité, pues, a detallar los hechos, sin descender nunca a los motivos que, por otra parte, habían sido muy variados. Caminaba, pues, por un terreno tal vez peligroso, pero sólido en todo caso, en el que la legítima curiosidad de lord Cecil tenía con qué saciarse.

Efectivamente, yo no podía hablar de la versión latina sin comprometer a Winston; ni de mi compasión por Alice y Agatha, sin poner furioso a su padre. Ni siquiera podía hacer una alusión a mi caritativo deseo de atraer visitantes al castillo, sin exponerme a una carcajada indignada y sarcástica. Me veía condenado a presentar mis actos como una serie de fotografías sin pie.

A medida que yo proseguía mi relato, sobre el rostro de lord Cecil se iba dibujando un asombro creciente. Y cuando lo hube concluido, el marqués de Malvenor guardó un profundo silencio, como sepultado en sus pensamientos.

Sin duda, lord Cecil estaba impresionado por el tremendo contraste que había entre la puerilidad de mis actos y la enorme cantidad de graves consecuencias que de ellos se habían seguido, lo mismo en el terreno de las fantasías que en el de los hechos. Al contrario del refrán, aquí el ratón había parido un monte... Y sin demasiado esfuerzo...

Pero lord Cecil también debía de tener la honradez de reconocer que mis actos no hubiesen tenido ninguna consecuencia, si los mayores no hubiesen sido más crédulos que unos niños.

Finalmente, lord Cecil me dijo:

—Veamos, John, yo comprendo que usted haya estado engordando a mi costa en la despensa, y que se haya alojado gratis en mi casa. Pero ¿por qué diablos tuvo que hacer de fantasma y con tanta tenacidad?

No había más que una respuesta digna:

—Sólo por divertirme, Excelencia.

Lord Cecil se levantó de un salto y elevó los brazos al cielo.

—Así pues, sólo por divertirse ha estado engañando con ilusiones a la venerable lady Pamela, burlándose de su vejez. Sólo por divertirse, ha hecho usted creer dos veces a Inglaterra y Escocia que es posible fotografiar ectoplasmas con magnesio incandescente, burlándose del honorable profesor Dushsnock y de la ciencia de su patria.

»Sólo por divertirse, ha mandado usted al lecho del dolor al prometido de mi hija Alice, que había venido a Malvenor buscando respeto y cariño, y ha hecho fracasar con ello un rico matrimonio, riéndose del amor, el más rico interés. Sólo por divertirse, le ha largado un ataque cardíaco a un desgraciado periodista de *La Trompeta de Edimburgo,* burlándose de la prensa y de sus representantes.

»Sólo por divertirse, ha embadurnado con sangre de liebre un recuerdo de familia, y una biblia que Lutero muy bien pudo haber tenido entre sus manos, mofándose lo mismo de las tradiciones que de la religión. Sólo por divertirse, usted me ha ocasionado las más terribles inquietudes, ha turbado mi espíritu, y me ha incitado a los propósitos más ridículos, burlándose de la aristocracia y de mi hospitalidad.

»Sólo por divertirse, ha dejado usted a mi fiel James en un estado lamentable, burlándose del pueblo que le vio nacer. Sólo por divertirse, ha pisoteado usted, como un salvaje, en mi gabinete de ciencias naturales, unas inestimables colecciones de mariposas guatemaltecas, y ha dejado tuerta a una rarísima comadreja de Afganistán.

»Sólo por divertirse —*horresco réferens* [1] —usted ha hecho temblar mi castillo con unos gritos bárbaros, pitorreándose de todo el mundo. Sólo por divertirse, en suma, lo único que usted ha respetado ha sido ¡su diversión!

»Si usted se divierte así a los doce años, señor John... ¡¡cómo se divertirá a los trece!!»

Sólo pude bajar humildemente la cabeza, anonadado por la gran cantidad de verdad que encerraban aquellas severas palabras.

Agotado por su esfuerzo oratorio, lord Cecil se volvió a sentar y alargó la mano hacia una botella de viejo whisky, del que se sirvió un generoso chorreón antes de pronunciar esta terrible sentencia:

—Merece usted que lo confíe a los solícitos cuidados del profesor Dushsnock, y después a los solícitos cuidados de James, y después a los solícitos cuidados de la policía, que lo entregará de nuevo a los solícitos cuidados del animal del herrero, una vez que haya terminado ella con usted.

Me eché a sus rodillas, llorando.

Con una involuntaria admiración, lord Cecil prosiguió, como hablando consigo mismo:

—Una cosa está, sin embargo, fuera de toda duda: este John tiene una innegable vocación de fantasma... ¡Y qué precoz, rediez! Una docena de fantasmas auténticos no habrían hecho tanto como él en tan poco tiempo. ¡Pero si es el récord de Escocia!

Entre dos sollozos míos, oí a lord Cecil añadir meditabundo:

—¿Acaso tiene uno derecho a oponerse a tal vocación? ¿No es, evidentemente, un signo de la Providencia?

---

[1] «Tiemblo de horror al recordarlo». Es una frase de Virgilio. Lord Cecil estaba demasiado trastornado entonces como para pensar que John necesitaba una traducción.

163

La voz se hizo aún más suave:

—También yo fui joven... ¿Quién echó aquellos granos de arroz, en julio de 1870, en los escalones mojados de Saint-Paul, el día de la cuarta boda de tía Pamela, de modo que seis personas se partieron algún hueso a la salida de la iglesia...? ¡El pequeño Cecil! ¡Oh, y qué bonitas costaladas que se pegaron! El recién casado, escayolado. El general Bloodturnip, en el hospital militar. El primo del Primer Ministro, con su cabeza vacía, hinchada al doble de su tamaño... ¿Y qué me dijo mi padre que era un sabio? «Su fechoría es tan enorme, Cecil, que es mejor no hablar de ella.»

UNA AMABLE sonrisa transformó el rostro de lord Cecil, quien de nuevo me dirigió la palabra:

—Yo no quiero la muerte del pecador, John. ¡Hale, levántese, yo le perdono!

Me levanté sin dar crédito a mis oídos.

—Pero yo no hago las cosas a medias, John. Por eso haré aún más: Ya que le gusta el desván, ¿por qué no se queda oculto en él un poquito más de tiempo?

Pensé que lord Cecil estaba burlándose de mí, pero él prosiguió muy en serio:

—Sin embargo le daré una llave de la despensa; la señora Biggot tendrá otra. Es conveniente que, a partir de ahora, la despensa esté cerrada al resto del personal y al comilón de Winston, ya que, por lo que se ve, es tan fácil ponerse morado en ella, sin dejar huellas. No hay que tentar a nadie.

—Sí, Excelencia.

—Pero que quede claro, John, que su presencia en Malvenor es, a partir de ahora, un secreto entre usted y yo. Si se enterase un tercero, todo el mundo lo sabría al instante. ¿Me entiende?

—Sí, Excelencia.

—El día en que lo pesquen, lo expulsaré del castillo y yo nunca he sabido nada de usted. ¿De acuerdo?

—Sí, Excelencia.

—Aunque no hay razón ninguna para que usted vaya a ser tan torpe que me ponga en una situación tan violenta. Su metedura de pata con James debe servirle de lección, ¿eh?

—Sí, Excelencia.

—Prudencia, pues; no es momento de dejarse olvidadas las velas por ahí...

—Sí, Excelencia.

—¿Comprende usted adónde quiero ir a parar?

—Sí, Excelencia.

—A ver, dígamelo, le escucho.

Me esforcé en escoger mis palabras con tacto...

—Su Excelencia piensa, sin duda, que un castillo como el de Malvenor, cuyo fantasma es un poco... vago, estaría interesado en los servicios de un fantasma... esto... más activo. ¿No es así?

Lord Cecil se echó a reír:

—¡Es usted un chico muy inteligente, y vaya si lo ha demostrado! Pero no es, precisamente, en los visitantes ordinarios en quienes estoy pensando: ¡a esos ya los ha mimado usted bastante! No, ahora se trata de una pieza verdaderamente excepcional, de las que no se cazan más que una al siglo. Siéntese, que se lo explique...

Y me senté en el filo de una silla. El giro que habían dado las cosas era tan completo, tan imprevisto, que me parecía estar flotando en pleno sueño. Sólo una cierta lógica en los propósitos y en las formas de lord Cecil me convenció de su realidad. Aunque ¿el mundo era, verdaderamente, lógico?

18 *En el que mi vocación me sigue y me persigue*

LORD CECIL se puso de pie pero, con amable deferencia, no permitió que yo me levantase:

—Permanezca sentado, mi querido John. Iré aclarando sus ideas y las mías mientras paseo de arriba abajo. Desde que tuve que renunciar a mi equipo de caza del zorro, desde que vendí mis perros, que me hacían correr un poco, me viene bien hacer algo de ejercicio.

»Pero a lo que vamos: esta noche tenemos en Malvenor un huésped insigne: Julius Gripsoul *junior*, ciudadano de los Estados Unidos de América del Norte y multimillonario en toda clase de monedas. Este señor, que de ordinario reside en Los Angeles, California, ha hecho una gran fortuna con el negocio de pompas fúnebres en general. En la costa oeste americana, prácticamente él entierra a todo el mundo, desde Canadá hasta Méjico. Su eslogan es ya famoso: «¡Confíe en Gripsoul y duerma en paz!»

»Tanto por afán publicitario como por inclinación personal, el señor Gripsoul es un entusiasta de los fantasmas. (Su biblioteca particular reúne ciento veinticinco mil volúmenes sobre ese tema, la cuarta parte de los cuales ha conseguido hojear, gracias a la ayuda de diecinueve secretarios.)

»Gripsoul se hallaba de paso en Londres cuando apareció en la prensa la fotografía de Arthur —es decir... la suya— y no pudo evitar lanzarse tras esa noticia y venir a cerciorarse sobre el terreno.

»Yo me consideré obligado a ponerle al corriente de todo —con la cándida buena fe que entonces yo tenía— lo que no hizo sino aumentar aún más su interés.

»Poco antes de medianoche me hizo en este mismo despacho una oferta, muy yanqui por su espontaneidad y su rareza. (Oferta supeditada, es verdad, a nuevas diligencias...) En una palabra, que el tal Gripsoul desea ardientemente comprar Malvenor Castle para poseer, por fin, una fantasma digno de él. ¿Y sabe usted lo que le he respondido, John?»

El tono indignado de lord Cecil no ofrecía la menor duda sobre la respuesta:

—¡Su Excelencia, naturalmente, ha rehusado!

—¡Evidente! ¿Acaso todos mis antepasados no han vivido aquí con honor y dignidad? Mi indignación llegó al colmo cuando ese mercader de ataúdes me manifestó, sin la menor vergüenza, que tenía la intención de desmontar Malvenor Castle, igual que un *meccano*, piedra a piedra, para reconstruirlo de nuevo en California, cerca de su cementerio preferido, entre un palacio veneciano y una pagoda tonquinesa. ¡Ese individuo insoportable tiene la manía de hacer viajar los edificios, de los que ya tiene una colección!

—¡Es una auténtica locura, Excelencia!

—¡Peor aún que locura, mi buen John, eso ya es tener mal gusto! Pero, en fin, dejemos ese asunto... Viendo que no lograba convencerme a ningún precio, Gripsoul cambió de táctica y me dijo: «¿Cuál es su problema? ¿Que usted quiere quedarse en Malvenor Castle? ¡Pero si eso no es ninguna dificultad! Yo mando desmontar el viejo castillo, como ya le he dicho, y le construyo otro nuevo en su lugar, con pátina de época y musgo original. Como compensación por las molestias, pongo, además, cien mil libras esterlinas en la balanza, y encima le doy, como propina, una peana funeraria de mármol rosa, con estatua ecuestre en bronce dorado de primera clase, y panteón capitoné. ¡Así une usted lo útil con lo agradable...! Si me intereso por el viejo castillo, usted ya me comprende, es, sobre todo, a causa de Arthur que, ciertamente, se mudará con él. Un fantasma que ya tiene sus costumbres, no se hallaría a gusto en un castillo nuevo. Y menos aún en un castillo en construcción. En definitiva, que no es tanto Malvenor Castle lo que compro, sino un fantasma, y un fantasma bien concreto, que se llama Arthur...» ¿Y sabe lo que le he respondido, John?

—Su Excelencia se ha negado horrorizado: ¡uno no vende —ni siquiera a un americano— un fantasma que no existe!

—¡Qué crío es usted, John! ¡He agarrado la ocasión por los pelos...!

Después de aquella lamentable metedura de pata, me quedé totalmente desconcertado.

Lord Cecil tuvo la amabilidad de ofrecerme un vaso de limonada e, inclinándose hacia mí con una fina sonrisa:

—No es a usted al que vendo, mi querido John. Una venta así rozaría ya los límites de la honradez. Lo que yo vendo es el verdadero Arthur, el Arthur cuya inocencia y belleza cantó Shakespeare en un magnífico soneto... desgraciadamente perdido.

»Ese Arthur —y el fantasma que le acompaña— son una sola y misma perla, de la que Malvenor Castle es el estuche. Eso... eso no tiene precio. Y, en el fondo, soy demasiado bueno dejándoselo por cien mil libras a un imbécil que no se merece más que fantasmas de cuarta categoría... ¡Es un poco de la vieja Escocia que parte a la deriva!»

Conmovido por sus propias palabras, lord Cecil se sorbió discretamente los mocos e hizo un nuevo esfuerzo para convencerme:

—Durante unos días ha representado usted el papel de Arthur, y eso puede ayudar a la venta, lo reconozco, sí señor. Pero ¿acaso esa gratuita intervención suya disminuye en algo la maravillosa realidad del verdadero fantasma tal como la leyenda la ha descrito y la ha hecho revivir? ¡Al contrario, le da un nuevo valor! ¡Arthur estaba aguardándole, John, para que usted escribiese en letras de oro el último capítulo de sus aventuras de ultratumba! Y puede usted estar orgulloso de ello: ¡se lo dice el dueño del castillo!

No era el momento de llevarle la contra a lord Cecil, por lo que le di enérgicamente toda la razón, cosa que él aprovechó al instante:

—¡Perfecto, John! Qué feliz soy al constatar lo bien que piensa usted.

—Gracias, Excelencia.

—Ahora comprenderá usted por qué no hay que ir por ahí diciendo estas cosas; eso me haría perder cien mil libras esterlinas, un castillo nuevo y una estatua ecuestre en bronce dorado de primera clase... que yo podría usar para que se posasen los palomos.

—Sí, Excelencia.

—Lo contrario sería agradecer muy mal mi generoso perdón.

—Ciertamente, Excelencia.

—¡Eso es hablar claro, sí señor! Su amable presencia en el desván es tanto más necesaria durante la estancia de Gripsoul, cuanto que nuestro huésped, como él mismo dice en su argot de hombre de negocios, «sólo está convencido al 99 %». Ingenuo, pero al mismo tiempo muy práctico —como lo son la mayoría de los americanos desde que Inglaterra tuvo la triste inconsciencia de abandonarlos a ellos mismos, a finales del siglo XVIII— Julius Gripsoul *junior*, a pesar de esta coletilla latina, la cual debería elevarle el espíritu, está ansioso de juzgar por propia experiencia, de tocar con sus propias manos, a su fantasma... Se encuentra aquí sólo para eso, y sería cruel decepcionarle. ¿Puedo contar con usted, mi querido y pequeño John, para subir hasta el 100 % el convencimiento de nuestro aficionado? Supongo que se da usted cuenta del enorme valor de ese 1 % ¿verdad que sí?

Winston me había incitado a hacer de fantasma para ahorrarse una nueva paliza. Lady Pamela me había incitado a hacer de fantasma para librar a Alice de un matrimonio disparatado. Y ahora, lord Cecil pretendía que volviese a hacer de fantasma por un castillo nuevo y cien mil libras esterlinas, cantidad tan enorme que yo no podía ni tener idea de lo que eso era.

Tras penosas reflexiones, me atreví a decirle a lord Cecil:

—Su Excelencia me reprochaba hace poco, y con razón, el que me hubiese divertido en su casa. Y ahora...

Lord Cecil me cortó rápido:

—¡Ahora ya no se trata de divertirse, John! Ya se ha divertido demasiado así, a su manera fantasiosa y anárquica. Ahora se trata de un trabajo de capital importancia que le conseguirá su total perdón, e incluso hasta mi eterna gratitud.

¡Ay! a eso no había nada que responder.

Sugerí con dificultad:

—¿Le gustaría a Su Excelencia que lanzase esporádicamente algunos «Húuu, húuu»?

—¡Original! ¡Excelente! Podríamos, incluso, gritar los dos juntos, a la par; ya me enseñará usted... ¡Pero hay algo mucho mejor que eso, mi querido John!

Lord Cecil echó un chorrito de whisky en mi limonada, lo cual era un mal presagio, y sentándose de nuevo junto a mí, me dijo en un tono entusiasta:

—Gripsoul ahora está durmiendo con la sonrisa en los labios, lleno de esperanza, en la habitación del príncipe Alberto, en donde yo mismo lo he metido en la cama y hasta lo he arropado. Esa habitación le entusiasma, dado que Arthur se ha aparecido recientemente en ella, con traje de pirata tropical.

»Gripsoul ha elogiado muchísimo al profesor Dushsnock y su sistema tan original de fotografía nocturna, que ha instalado mirando a la puerta, según el método del inventor y con ayuda del mismo. Y para aumentar las probabilidades, hasta se ha llevado consigo el téckel apocalíptico, habituado a husmear fantasmas, que el profesor Dushsnock le ha prestado gratuitamente. ¡Todo está preparado! Sólo falta que usted entre y pose. Con sus antecedentes eso no es nada para usted. Un simple juego de niños...

Yo me debatía como un zorro cogido en el cepo, pero lord Cecil estuvo inflexible:

—Cien mil libras, John, significan la dote de Alice y de Agatha. Y la pensión de Winston en Eton, y sus estudios hasta llegar a Sandhurst [1], lo cual es su única oportunidad de adelgazar y evitar así una apoplejía. ¡No puedo renunciar fríamente a todo eso!

El primer argumento me impresionó más que el segundo, y sentí que empezaba a flaquear.

Lord Cecil se levantó...

—¡Vamos allá con alegría! El día y la hora nos son favorables. Es mejor martillar cuando el hierro está al rojo; eso lo ha debido aprender usted en casa del señor Greenwood... ¡Si nuestro Gripsoul consigue una bonita fotografía de Arthur en su primera noche en Malvenor Castle, estará encantado, rabiando de contento, y firmará lo que sea con los ojos cerrados!

---

[1] Escuela militar inglesa, fundada en 1802. (N.T.)

Con las orejas gachas seguí a lord Cecil hasta una habitación que daba al corredor. Aquella pieza, casi desamueblada del todo, estaba abandonada, llena de polvo.

—Esta era la habitación de Winston —me dijo en voz baja lord Cecil— antes de ponerlo en manos de esa acémila de Dushsnock.

Lord Cecil rebuscó durante un rato en un armario totalmente desordenado, del que, finalmente, sacó dos grandes revólveres niquelados y un disfraz completo de Búffalo Bill...

—Se lo regalé a Winston el día en que cumplió diez años, para irle aficionando a las armas. A usted tiene que estarle bien...

Yo estaba estupefacto.

—Pero... Excelencia, ¡los fantasmas no van vestidos de cow-boy!

—¡Chist! Hable más bajito, que las mellizas duermen ahí al lado... Los fantasmas escoceses naturalmente que no se visten de ordinario de cow-boy. ¡Pero nuestro cliente es americano! ¿Qué mejor detalle por parte de Arthur? ¡Hale! Vístase ya.

Me quité una vez más mi viejo vestido y me disfracé de Búffalo Bill, con una cara de muerto... Tenía la impresión de estar de lo más ridículo. Peor aún, un funesto presentimiento me paralizaba.

Me dejé caer en una silla...

—¡Por favor, Excelencia, dejemos esta excursión para mañana!

—¡Esta noche o nunca, John!

Lord Cecil abrió una caja de fulminantes, los examinó, y se puso a cargar los revólveres, diciendo:

—Esto le tiene que calmar. Usted entra donde está ese especialista en pompas fúnebres, y le larga doce pistoletazos en los morros. No tiene más que apretar el gatillo ¿ve? El revólver se recarga automáticamente...

—¡Excelencia, piedad!

—De ese modo no le será difícil despertarle, y él...
¡menuda historia va a contar en su club de
enterradores!

—¡Excelencia, se lo ruego!

—Los disparos atronarán sus oídos. Su nariz se
llenará del olor de la pólvora. Y su vista se extasiará
ante su prodigiosa aparición. En cuanto al tacto...
Gripsoul será feliz palpando la fotografía. ¡En marcha,
John!

Yo no me movía de mi silla.

Lord Cecil me agarró por mi cinturón de cow-boy,
me puso en pie de un tirón, y me dijo muy seriamente:

—Me estoy jugando el porvenir de mi familia, John.
Y también usted se juega el suyo... Si quedo satisfecho
con sus servicios, le recomendaré a mi viejo amigo
lord Fitzbaby, que desde hace más de veinte años no
tiene ni un mal fantasma en su castillo de los alrededores de Dundee. ¡El pobre está que ni duerme! ¡Usted
no ha nacido para oxidarse en un desván, John, sino
para darle un toquecito a este castillo, otro toquecito
a ese otro... ¡Para vivir como un señor en un castillo,
vaya!

«Vivir como un señor en un castillo». Me acordé
entonces, de pronto, de la predicción de la adivina:
«Ni criado, ni huésped, ni señor. Ni hombre, ni ángel,
ni animal». Esa «vida como un señor en un castillo»...
¿sería la vida de fantasma?

Por poco me caigo desmayado.

Con un cierto disgusto, lord Cecil añadió:

—Y ya que usted me permite ganar cien mil libras,
un castillo nuevo y una estatua conmemorativa, le
devolveré los dos chelines y seis peniques que le dio
usted a James el día de su llegada al castillo. Nadie me
obliga a ello, de acuerdo... pero siempre he tenido
fama de generoso.

Me levanté y pedí mis pistolas. Había que terminar
de una vez.

19 *Un cliente particularmente difícil*

LORD CECIL bajó un piso conmigo, tiempo más que suficiente para constatar que mis botas, demasiado estrechas, chirriaban de una manera horrible en el silencio absoluto de aquel lugar. Yo ya no sabía cómo andar, para no exponerme a delatar prematuramente nuestra presencia.

Cruzábamos el salón de baile del primer piso, cuando lord Cecil me entregó su lámpara y se decidió a llevarme en brazos...

—¡Dios mío, qué poco pesa usted, John! —murmuró— ¡Pero si se diría que no ha comido nada de la despensa! ¿No ha probado el paté de pavo al Oporto de la señora Biggot?

—Sí, Excelencia. Estaba delicioso...

Yo había echado mis brazos alrededor del cuello de lord Cecil. Este, en lugar de continuar su marcha, se detuvo y se quedó mirando, pensativo, un amplio estrado en el que había un negro piano de cola, como si aún estuviera oyendo la música de los viejos valses, evocadora de tiempos mejores.

Con una discreta emoción, lord Cecil no pudo evitar esta confidencia:

—Fue aquí, John, en la noche del 1 de agosto de 1885, cuando le dirigí la palabra, por primera vez en mi vida, a mi futura esposa. Fue al concluir una mazurca... ¿o tal vez un chotis?... Después de un millón de indecisiones, sin atreverme, al final me armé de valor y le pregunté: «¿Le ha gustado el canapé de faisán?» Y ella me respondió con mucha ocurrencia y con voz graciosa y dulce: «¡Sí, estaba delicioso!» ¡Me amaba, y la más pequeña palabra lo delataba! Hablaba púdicamente del faisán por no hablar claramente de mí ¿comprende?

»Y ahora, John, sus bracitos alrededor de mi cuello y su respuesta, idéntica a la suya, me han traído a la memoria aquel momento maravilloso. ¡Ay!, mi querida Georgina debe de estar riéndose, desde allá arriba, al verme con un cow-boy en los brazos, para intentar casar a sus hijas...»

Lord Cecil dominó su emoción, reanudó su marcha y me depositó delante de la puerta de la estancia del príncipe Alberto. Allí, me susurró al oído:

—Yo subo a mi despacho. Aguarde unos minutos antes de abrir fuego. Entonces bajaré las escaleras de cuatro en cuatro para distraer a la gente y felicitar a su víctima por su extraordinaria sangre fría...

Para mandarme a la habitación del profesor Dushsnock, Winston había hablado igualmente de «cubrir mi retirada». Entonces me acordé de un refrán que decía mi madre: «De tal padre, tal hijo». «Cubrir la retirada» o «Distraer a la gente» era, decididamente, una característica de familia.

—¿Tiene cerillas para alumbrarse durante la fuga? ¡Perfecto!

Y dándome una paternal palmadita en la espalda:

—¡Ánimo John! ¡Estoy con usted! ¡Esto ya está en el bote! ¡Vamos a sacarle a ese cerdo todo el dinero que podamos!

Lord Cecil, evidentemente demasiado mayor para hacer él mismo de fantasma, se marchó con su lámpara, dejándome delante de la puerta, bajo la cual brillaba una raya de luz, según la técnica-Dushsnock. Porque para fotografiar a un ectoplasma es preciso, antes que nada, evidentemente, verlo.

Prolongué bastante los minutos previstos. Desde que James me había echado las zarpas a mi pescuezo, todo había marchado demasiado rápido para mí, de emoción en emoción, de idea nueva en idea nueva, y mis confusos pensamientos estaban poco propicios para la acción. Las predicciones de mi adivina y de lord Cecil me impulsaban adelante. Pero yo tenía la penosa sensación de estar cogido por un engranaje del que ya no podría salir jamás...

En todo caso, estaba muy lejos todavía de la tranquila situación que esperaba gozar en casa de lord Fitzbaby: dos o tres «servicios» de fantasma rentista, justo lo necesario para atraer cada domingo a unos cuantos «militares sin graduación» y sus inseparables «chachas»...

Júpiter decidió por mí. Nervioso, tal vez, por no estar con su amo, el téckel debía de dormir con un ojo abierto, como las liebres. Husmeando la presencia de un extraño detrás de la puerta, rompió de pronto a ladrar como un condenado.

Era la señal del destino. No había lugar a dudas. Con los nervios de punta y como quien se lanza al agua, di un empujón brutal a la puerta, al tiempo que desenfundaba mis pistolas y abría un fuego graneado contra...

¡Ay, queridos niños, cómo me gustaría poder haceros de esta emocionante y capital escena una hermosa y larga descripción, adornada con mil detalles como tantas veces he leído en algunas obras apasionantes, en las que el autor no nombraba un ratón sin citar su árbol genealógico, sin describir los mil matices de su pelaje, la medida de sus bigotes, la longitud de su cola.

Pero en este caso, eso sería poco honesto por mi

parte. Porque lo que realmente ocurrió fue que...

Bueno, antes sírvame un poco más de este «Royal Highlander», este magnífico whisky de las orillas de mi Spey querido. No se pueden contar cosas como éstas sin un poco de ánimo...

—¿Dónde estaba yo? ¡Ah, sí!...

—«Era en los tiempos del buen rey Eduardo, séptimo de ese nombre, los tiempos, también, de mi infancia. Todo marchaba entonces mejor que hoy: nuestra Escocia era más verde...

Aunque, espera... ¿esto no lo he dicho yo ya en otro sitio? (Alguien me está «soplando» al oído...) ¡Ah, sí, gracias!

Abrí pues, un fuego graneado contra...

¡No!, decididamente, este recuerdo es demasiado cruel para mí. Otro día acabaré. ¡A mis casi ochenta años de edad, me parece que tengo derecho a un descansito si me apetece!

Además, que hoy se consumen demasiadas cosas: demasiada mantequilla, demasiados cañones, demasiadas frases...

¿Cómo? ¿Qué? ¿Que queréis que lleguemos hasta el final? Bueno... pues ¡hala!... adelante...

Pues sabed que Júpiter había cumplido con su obligación y puesto a Julius Gripsoul *junior* en estado de alerta y de respuesta.

Abrí fuego graneado contra... ¡contra un *flash* de magnesio, que me cegó! Y esa es la razón por la que yo no puedo decir —a menos de decir mentira— que vi ninguna otra cosa.

En cambio sí oí, y perfectamente, una horrible detonación, y sentí un golpe violento en la pierna derecha, justo debajo de la rodilla.

Temiendo hallarse frente a un horrible ectoplasma «estilo Far West», que transformaba su tranquila habitación en un salón de tiro, aquel entusiasta de los fantasmas reaccionó al segundo, defendiéndose como pudo: primero con la cámara de fotos, y luego con su pistola. ¡Pero la pistola de Gripsoul era verdadera! Tal vez fuese lo único verdadero en todo aquel asunto. Y de repente, la comedia degeneró en drama.

Gimiendo de dolor, me largué renqueando por el oscuro corredor. Aparte de la herida física, yo tenía la impresión evidente y desgarradora de que me habían engañado, de que allí no se habían respetado las reglas del juego. ¡Y es que nadie le había puesto a Gripsoul al corriente de las reglas!

Sus gritos de triunfo demostraban, por lo demás, su perfecta inconsciencia:

—¡Le he dado, lord Cecil! ¡Venga a verlo! ¡Le he dado al primer disparo! ¡Menuda suerte!...

Afortunadamente, Gripsoul estaba demasiado bien documentado sobre los fantasmas y los ectoplasmas, como para pensar, ni por un momento, en perseguirme. Sabía de sobra que los fantasmas son inaprehensibles por naturaleza, lo cual permite divertirse largo tiempo en su compañía. Ciertamente, uno puede presentirlos, olfatearlos, husmearlos, percibirlos, oírlos, entreverlos, intuirlos, fotografiarlos, atraerlos, atravesarlos a balazos, asustarlos y ponerlos en fuga... Con muchísima suerte, uno puede hasta llegar a tocarlos y palparlos, como James, por un momento, creyó hacer. Pero agarrar a uno... ¡eso es harina de otro costal!

Por eso, los verdaderos cazadores de fantasmas, los más expertos, los más adictos, jamás siguen la pieza hasta el final. Con ello se ahorran el peligro de descubrir que la tal pieza no existe... ¡o que existe demasiado!

Acosado por el miedo, llegué de un tirón, a pesar de mi herida, hasta la escalera principal, que subí lo mejor que pude, agarrándome a la barandilla, y recorrí toda la planta baja en dirección a la torre.

El comedor retumbaba con los gritos angustiosos de

lady Pamela, cuya habitación estaba situada casi exactamente debajo de la del príncipe Alberto.

—¿Qué han sido esos disparos? Por el amor de Dios ¿qué sucede? ¡Socorro, Arthur!

Furioso, me tuve que dominar para no disparar los fulminantes que me quedaban en las mismísimas barbas de tía Pamela. Desde que sentí el impacto en mi pierna, sólo había experimentado un dolor soportable. Pero de pronto, me empezaron en la pierna unas horribles punzadas.

Subir al desván fue un verdadero martirio. Una vez allí, me dejé caer en el suelo. Al intentar quitarme la bota, llena de sangre, me desmayé.

CUANDO ABRI los ojos, lord Cecil estaba inclinado sobre mí, muy pálido y todavía más contrariado...

—Esto no es grave, mi pequeño John. La bala ha atravesado la pierna sin complicaciones. Ya le he quitado la bota, y ahora voy a lavarle la herida con agua de la fuente, como lo habría hecho el mismísimo Pasteur. Después le pongo un poquito de árnica, tintura de yodo, agua oxigenada, bálsamo del Perú... Luego le hago una bonita cataplasma con selectas hierbas del campo que tía Pamela en persona recogió hace ya tiempo, antes de romperse la cabeza del fémur dando vueltas a una mesa giratoria.

—Me parece, Excelencia, que la bala ha dado en el hueso. Mire bien, Excelencia, ¿no está mi pierna un poquillo torcida?

—Sí, pero es muy poca cosa... Con un buen trozo de mango de escoba y una venda bien apretada, ni se notará...

—¡Hay que llamar urgentemente a un médico, Excelencia!

—Efectivamente, sí... mañana.

Y mientras me daba los primeros auxilios, lord Cecil no hacía más que echar pestes:

—¡Estos americanos son imposibles! Verdaderamente, ese pueblo tiene la manía de las armas de fuego y de la violencia. ¿Cómo iba yo a prever un accidente tan estúpido? ¿Habráse visto...? ¡Dispararle a un fantasma! ¡Pero si eso no se hace nunca! ¡Lo que faltaba por ver...!

La cura fue penosa, y el vendaje un suplicio a pesar de los comentarios optimistas de lord Cecil:

—La bala ha debido de pasar entre la tibia y el cúbito... ¿o tal vez el peroné? Lo mejor ahora es atar bien la venda con una buena cuerda. Winston fue scout durante algún tiempo con el barón Baden-Powell y me enseñó a hacer algunos nudos...

Tras lo cual, lord Cecil me subió de beber, me hizo tomar dos pastillas de aspirina, y se permitió un ligero reproche:

—Abandonó usted las armas en el corredor, John. ¡Y a la primera herida! Si yo no hubiese tenido la valentía de quitarlas de en medio, ¿dónde estaríamos ahora, eh?

Y luego, me dejó solo.

AQUELLA mala noche siguió un mal día, durante el cual me subió la fiebre. A la segunda noche, mientras yo estaba medio delirando, oí unos gritos de dolor allá abajo. Lord Cecil hizo poco después su aparición, trayéndome una frugal cena en una bandeja.

Parecía de un humor excelente...

—Acabo de sorprender a Winston intentando forzar la cerradura de la despensa. ¡Le garantizo, John, que de ésta se va a acordar mucho tiempo...!

¡Qué buen aspecto tiene usted hoy! Unos ojos vivos y brillantes, unos magníficos mofletes sonrosados... ¡A ver esa pupita...!

Con una voz débil yo seguía pidiendo un médico.

—Mire, John, Gripsoul está ahora viviendo un magnífico sueño que no podemos destrozar así, a la ligera. Nuestro contrato ya está para la firma. Un médico iría corriendo a avisar a la policía, ya que se trata de una herida por arma de fuego. Y eso sería un escándalo y todo el negocio caería por tierra. ¡No me pida lo imposible, John!

»Además, usted es joven y fuerte. Con mi ayuda, verá qué bien sale adelante. ¿Acaso se imagina usted que un médico le iba a curar mejor que yo? ¡Pero si la medicina está todavía en pañales, John! Es un país de ciegos en el que los médicos son los tuertos. Yo, acaso tampoco le cure más que con un solo ojo... ¡pero menudo ojo!»

Después de pasar tres días con aquel régimen, la fiebre no bajaba y la herida empezaba a tomar un aspecto muy feo. En medio de las más negras preocupaciones, reuní toda mi firmeza y le dije a lord Cecil:

—Ya le conté a Su Excelencia cómo un caballo me fastidió la pierna izquierda, que me ha quedado mal por falta de cuidados médicos, como consecuencia de la avaricia del señor Greenwood. ¡Quiero tener bien mi pierna derecha! Si Su Excelencia continúa negándose a llamar a un médico, me arrastraré hasta el ventanuco ese y empezaré a gritar hasta que me oiga Gripsoul. ¡Mi pierna vale más que cien mil libras esterlinas!

Yo estaba hablándole al trasero de lord Cecil, quien tenía la cabeza metida dentro de un baúl, al que miraba con unas malas intenciones... demasiado claras: si yo me moría, sería necesario dar a mis restos un discreto paseo hasta una tumba improvisada. Todavía hoy me estremezco de horror cada vez que me represento la noble silueta de lord Cecil inclinado sobre aquel sombrío baúl de cuero con forro de felpa.

Aunque, a lo mejor, lord Cecil no estaba pensando en eso sino en otra cosa...

En todo caso, mi última frase le hizo dar un respingo, y se me quedó mirando de una pieza:

—No sabe usted lo que dice, John, y es deber mío defenderle contra usted mismo. La mayoría de los ingleses de hoy estarían encantados de cambiar una pierna por cien mil libras esterlinas. Y muchísimas viejas inglesas también, a pesar de que las piernas de una mujer, como la galantería nos lo sugiere, tengan más valor.

»Si usted pierde su pierna y yo tengo algo que ver con ello, usted recibirá las cien mil libras. Pero yo sé muy bien que no voy a perder nada, porque le he curado muy bien, y ciertos indicios me dicen que ya está usted francamente mejor. A simple vista se puede notar que su microbio malo ya está perdiendo velocidad...»

Yo no podía comprender —sin duda por razón de mi edad y de mi inexperiencia— cómo cien mil libras esterlinas podrían remplazar mi pierna, y protesté con una energía que, sin dejar de ser cortés, no fue por ello menos fuerte y explícita.

Desesperado de poder convencerme, lord Cecil acabó por decirme:

—Ya que lo toma usted de esa manera, John, mañana por la noche le traeré el mejor médico que encuentre. Y si él no puede hacer nada por usted, es que está usted más enfermo de lo que yo creía.

Con esa promesa, me dormí.

20 *En el que pierdo cien mil libras pero gano un empleo*

AL DIA SIGUIENTE por la noche, con gran sorpresa por mi parte, vi acercarse a Alice (o Agatha), quien se sentó a la cabecera de mi cama, con una sonrisa encantadora. Llevaba un trajecito de verano azul cielo, adornado con una ancha banda de seda, de un azul un poco más oscuro que recordaba, hasta el punto de confundirse, el azul de sus ojos. Sus cabellos rubios formaban alrededor de su delicado rostro una aureola que inspiraba confianza y cariño.

¡Por fin la veía de cerca! ¡Podía distinguir al detalle sus rasgos, hablarle, oírla!

Alice (o Agatha) tuvo la bondad de decirme enseguida con una emoción casi igual a la mía:

—Mi padre acaba de ponerme al corriente, señor John, de todo lo que usted ha hecho y está haciendo todavía por mi hermana y por mí. No he podido resistirme al deseo de subir enseguida para darle las gracias.

»¡Qué valor! ¡Atacar con un simple sable de abordaje a ese horrible Truebody! ¡Disparar con unas pistolas de fulminantes contra un americano brutal y sanguinario, armado con una *browning* y habituado a enterrar a todo el mundo!

183

»¡Ah, dos veces le debo mi felicidad, dos! Mejor dicho, tres, ya que usted se niega —según parece— a ver a un médico, para asegurar mejor con ello mi dote y la de mi hermana. Y todo eso por unas jóvenes extrañas para usted, y a las que simplemente ha visto por los ventanucos del desván. Nunca he leído nada tan bonito. ¡Pero si es usted un auténtico héroe de novela, señor John...!»

La alusión a Truebody parecía indicar que la que tenía delante era Alice, con lo que me emocioné todavía más. Porque Alice era mi preferida. ¿Acaso no había sido la primera que salvé de las garras del fabricante de botones de pantalones?

Le pregunté cuál de los dos era, y ella me confirmó que yo había sospechado la verdad. ¡Mi corazón me habría bastado para reconocerla!

Alice me expresó durante largo tiempo su agradecimiento, abrumándome con unos méritos la mayor parte de las veces inmerecidos, pero que, simplemente el oírselo decir era tan dulce y tan halagador... Y cuando mi modestia me obligaba a protestar, incluso, a veces, a contradecirla, Alice me hacía callar y elogiaba muchísimo mi rara modestia.

No pude decidirme a hacerle ver que su padre la había engañado en lo que a mí se refería, y que yo no había dejado de reclamar un médico, distinto de ella. Con ello la habría decepcionado, y antes hubiese preferido morir que decepcionarla.

¡Ay, qué rato tan maravilloso! ¡Qué sublime recompensa fue para mí su presencia! ¡Y qué bien inspirado había estado lord Cecil, fuesen cuales fuesen sus segundas intenciones!

Siempre he sido un sentimental y, si yo hubiese estado loco, las mujeres me habrían hecho hacer locuras durante más de sesenta años. Pero esa es otra historia...

Alice se ocupó finalmente de mi salud y tomó mi mano entre las suyas.

—Se diría que la fiebre ha disminuido ¿verdad?

—Sí, señorita. Y también la herida parece menos inflamada.

—¡Oh, qué alegría más grande!

—Lord Cecil me dijo ayer, señorita, que el microbio ya estaba perdiendo velocidad.

—Puede confiar plenamente en mi padre, que tiene un auténtico «ojo clínico». Ya lleva muchos años curando a los criados si se tercia el caso, y no están más enfermos que antes. A veces, menos...

—¡Qué tranquilidad más grande me da usted...!

—Papá ha firmado esta mañana, en medio de un montón de hombres de leyes, su contrato con Gripsoul, y abandonaremos Malvenor cuando su pronto restablecimiento le permita viajar...

Con un encantador pudor y en medio de nuevas y escogidas expresiones de gratitud, Alice sacó de su seno un medallón que colgaba de una cadenita, y me lo regaló. En el interior de la joya vi su retrato, una fotografía coloreada al pastel, y sobre la tapa de oro se podía leer, grabada en letras góticas flamígeras, la vieja y noble divisa de la familia:

A CENTIMITO VALIENTE
CORAZON VALIENTE

—La divisa —dijo Alice— le recordará todo lo que le debemos, y el retrato le expresará mi agradecimiento cada vez que usted quiera mirarlo.

Aquello era ya demasiado. Me eché a llorar. Alice, confusa, murmuró:

—Volveré mañana, si mi padre me deja.

Y, en consideración a mi estado, se retiró de puntillas, bellísima a la luz oscilante de su lamparilla de tulipa de opalina.

LORD CECIL no se había equivocado: la fiebre desapareció del todo en las horas siguientes. ¿Fue resultado de sus cuidados? ¿De la visita de Alice? ¿Del azar que, a veces, hace tan bien las cosas? La mejoría, en todo caso, era evidente y esperanzadora.

Cansadísimo por aquellos días de prueba, me sumí en un sueño reparador.

Durante casi quince días, Alice, lord Cecil, y después Agatha, que había sido puesta al corriente del secreto, se turnaron durante horas y horas cada noche junto a mí, colmándome de favores y atenciones, mientras mi herida cicatrizaba poco a poco y me volvía el apetito.

Yo creo que en toda mi vida no he pasado un período más feliz...

Lord Cecil, tanto más orgulloso y aliviado por mi curación cuanto que en ella había tenido, tal vez, más suerte que mérito, estaba siempre en los menores detalles, y me subía en persona desde la despensa los bocados más exquisitos. Y también lo contrario: él era quien se encargaba, con una discreta humildad, de bajar el cubo en donde yo hacía mis necesidades. Yo he sido el primer pobre de las Islas Británicas a quien haya prestado semejante servicio un Lord y Par del Reino. Con eso, cualquier muchacho menos sensato que yo habría perdido la cabeza.

En cuanto a las mellizas, no hacían más que jugar a engañarme sobre su identidad, hasta volverme loco, y no se cansaban de pedirme una y otra vez que les contase el pánico de Truebody o mi heroico ataque a Julius Gripsoul *junior*. Acabé por distinguir a Alice por un ardor particular de su voz, cuya causa a mí me halagaba pensar que era, sin duda, el cariño que sentía por mí.

Yo vivía en un sueño, cuyo final veía acercarse con tristeza.

Una noche de comienzos de septiembre, cuando los

primeros frescos del cercano otoño habían entumecido a Malvenor Castle desde la puesta del sol, Alice me entregó un sobre cerrado:

—De parte de mi hermano Winston, que ha descubierto la presencia de un extraño en la torre. He tenido que ponerle al corriente de todo, sin que lo sepan ni mi padre ni Agatha. Me pregunto qué tendrá que decirle a usted...

Abrí la carta, que era muy breve:

Con la ayuda de mis hermanas, inconscientes y fútiles, mi padre le está timando, John. Usted le permite ganar cien mil libras esterlinas, y él le recompensa con un balazo en la pierna. ¡Hágale frente a la realidad, como un hombre! Exíjale veinte mil libras para bajar luego hasta diez mil o quince mil. No está en condición de negárselas. Su amigo afectísimo, azotado y hambriento,

WINSTON

P.S. ¡Queme este papel, por amor de Dios!

Me costó mucho disimular mi turbación y mi sorpresa, y le dije a Alice que su hermano había querido hacerme llegar sus respetos y su agradecimiento.

Alice se marchó, quemé la carta y el sobre y me sumí en un abismo de reflexiones. ¿Dónde estaba la verdad? ¿Sería yo un imbécil o un héroe? No era tan fácil ver claro en aquel asunto...

La noche siguiente, lord Cecil estuvo particularmente atento al relato de algunas de mis desgracias, y sensible a un cierto número de detalles que le daban una nueva visión de las condiciones de vida de los escoceses del pueblo llano.

Me dijo con una innegable sinceridad:

—A mí siempre me ha preocupado mucho, mi querido John, luchar contra la pobreza y la miseria. Eso que los presuntuosos llaman «la extinción del pauperismo». En 1897, cuando yo era Subsecretario de Estado para el Paro, llegué, incluso, a publicar un folleto que dio bastante que hablar: *La Miseria, vencida por la herrumbre...*

—¿Por la herrumbre?

—Sí. La demostración es irrefutable. Ya que es imposible alimentar convenientemente a las clases pobres, al menos debemos luchar contra la anemia que padecen. El medio mejor y más económico para lograrlo es que la pobre ama de casa haga la comida de los suyos, usando batería de cocina *de hierro*, de modo que el óxido de hierro, absorbido diariamente en pequeñas dosis, y de preferencia con las espinacas, aporte a los organismos debilitados ese hierro tan precioso, tan necesario para el equilibrio y el buen humor.

»Las fundiciones inglesas, que me habían subvencionado, estaban preparadas todas ellas para fabricar cantidades enormes de cacerolas, garantizadas oxidables... Pero como tantos y tantos precursores... no fui comprendido.»

Yo estaba conmovido al descubrir en lord Cecil unas preocupaciones tan generosas. Era el momento —entonces o nunca— de sacar las bonitas frases que prudentemente había preparado:

—Su Excelencia es tan bueno, que seguro que ha pensado en mi porvenir. Mi corta visita a mister Gripsoul ha procurado una verdadera fortuna a Su Excelencia quien, a su vez, me ha prometido dos chelines y seis peniques. Para decidirse a darme una cantidad tan modesta es seguro que Su Excelencia ha debido de hacer violencia a su corazón y a su bondad natural, y ha debido de tener los más graves motivos.

Me gustaría conocerlos para dar a Su Excelencia las gracias por ellos, ya que esos motivos sólo pueden ser para honra de Su Excelencia y bien mío.

Tal vez lord Cecil tenía prevista una reclamación de este estilo, porque me respondió al momento, sin pestañear, con la mayor naturalidad del mundo, y en un tono de lo más amistoso:

—¡Es admirable! ¡Con qué delicadeza lo ha expuesto usted, mi querido John! ¡Cómo se nota que ha vivido en un castillo!

»Gracias por plantear el problema en el terreno del corazón. Usted no ignora, ciertamente, que su incursión en la habitación de Gripsoul no fue sino la legítima y estricta compensación por los inauditos ultrajes que sus dotes de fantasma habían causado a Malvenor Castle, sin mi permiso. Que yo gane o no dinero con sus pistoletazos, es algo que a usted no le interesa.

»Gracias también por no exigirme nada, por lo que le felicito: semejante chantaje sería indigno de un *gentleman*.

»Y gracias también por haber adivinado que he tenido que hacer violencia a mi corazón para restringir mi generosidad a dos chelines y seis peniques. Me halaga que haya pensado así de mí.

»Naturalmente, yo había pensado ofrecerle una pequeña fortuna. Pero luego me dije que eso hubiese sido tratarle a usted como a un extraño; y yo quiero mimarle como si fuese hijo mío.

»¿Qué haría Winston, huérfano, con una gran cantidad de dinero? Su tutor se comería una parte, y él devoraría la otra, contrayendo hábitos de derroche. Pronto se vería en la calle, sin blanca y sin futuro.

»¿Qué puede hacer un muchacho con una fortuna sino malgastarla? ¿Yo mismo no he perdido lo mejor de la mía, y eso que era a una edad madura en la que la triste experiencia de los otros debería haberme servido de lección? ¿Semejante catástrofe no tiene que hacernos pensar? El dinero es como el mar, John, va y viene. Cuesta muchísimo retenerlo. El dinero no es un valor seguro, y muchísimo menos para un chico que para un adulto.

»Lo que usted necesita es un empleo. De esa forma llevará siempre consigo una mina de oro, y el dinero le seguirá adonde quiera que vaya.»

Lord Cecil sacó entonces de su cartera, como si se tratase de un documento enormemente precioso, unas líneas de recomendación para lord Fitzbaby, que me dio a leer con este comentario:

—Si usted me pidiese siete u ocho mil libras esterlinas, yo estaría obligado a entregárselas. Pero luego, ¡ojo!... luego, yo a usted no le conozco. Y una vez arruinado, volvería al pueblo llano del que acaba de salir milagrosamente.

»En cambio, con esta carta que no vale una fortuna sino varias, le introduzco en los entresijos de la buena sociedad, de la alta sociedad, en donde sus talentos deben permitirle prosperar durante generaciones, mientras la credulidad humana se nutra de fantasmas. Las relaciones, mi pequeño John, son más importantes que el dinero. Con dinero usted tendrá amigos, que le ayudarán a gastarlo antes de volverle la espalda. Pero con relaciones escogidas, siempre tendrá usted dinero, de una forma o de otra. ¡El secreto está en las recomendaciones, John!»

Sus palabras eran impresionantes y la carta lo era aún más:

Querido amigo:

El portador es un muchacho de toda confianza, del cual espero levante sus negocios como lo ha hecho con los míos. Es inteligente, animoso, honrado, discreto y, sobre todo, desinteresado, cualidad ésta que no tiene precio y que cada día es más escasa. Trátele con generosidad, como yo también lo he hecho, que él se lo devolverá al céntuplo, a pesar de su corta edad. El mismo le hablará personalmente de su maravillosa vocación, y de todo lo que de ella puede usted esperar. Cuando haya acabado con él, tal vez fuese conveniente enviárselo a lord Donovan, cuyo fantasma es terriblemente linfático...

Sinceramente suyo,

Cecil

191

Guardé cuidadosamente la carta sobre mi pecho. Tenía motivos para estar orgulloso de ella.

—¿Estamos de acuerdo, John?

—Sí, Excelencia.

—Es usted un muchacho con porvenir.

—Pero tendría necesidad de un traje nuevo para presentarme en casa de lord Fitzbaby...

Lord Cecil hizo una mueca, seguida de un suspiro de resignación:

—En fin, algo encontraremos en el guardarropa de Winston. Engorda tan rápidamente que gasta muy poco los trajes...

PENSAREIS queridos niños, que me vendía barato a un hombre que no creía ni la mitad de lo que decía.

Afortunadamente, los acontecimientos se encargaron de probar punto por punto el valor de los excelentes consejos de lord Cecil. La libra esterlina se desvalorizó muchísimo después de la guerra de 1914 [1], y todavía más después de la Segunda Guerra Mundial [2]. En cambio, la demanda de fantasmas profesionales, fantasmas verdaderamente competentes y provistos de las mejores referencias, llegó a su apogeo al día siguiente mismo de aquellas dos guerras, por parte de toda suerte de señores castellanos, cuya fortuna se había resentido.

El bueno de lord Cecil tenía, es cierto, sus defectos. Pero... ¿quién no tiene alguno? En todo caso, yo le debo el comienzo de una hermosa carrera, y por ello le estoy muy agradecido.

---

[1] Guerra Europea o Primera Guerra Mundial (1914-1918).
[2] 1939-1945.

Epílogo: *De maravilla en maravilla*

A MEDIDA que se acercaba la fecha prevista para mi marcha, yo estaba cada vez más inquieto respecto a la suerte de mi pierna. Las buenas palabras de lord Cecil y de las mellizas no me tranquilizaban más que a medias. Ligeramente cojo de la pierna izquierda ¿no lo iría a estar, para colmo, también de la derecha?

La noche del 13 de septiembre, lord Cecil subió a verme en compañía de Alice y de Agatha. Era la primera vez que tenía yo el honor de recibir a los tres juntos en mi desván, y comprendí que había llegado el instante decisivo.

Lord Cecil se arrodilló a mis pies y liberó mi pierna enferma del mango de escoba, cortando nerviosamente la cuerda con unas tijeras; porque si en alguna ocasión había aprendido a hacer nudos gracias al barón Baden-Powell, ahora ya no sabía soltarlos.

Con una dulzura infinita, Alice y Agatha me cogieron cada una por un brazo y me pusieron de pie. Tenía a Alice (o Agatha) a un lado, y a la otra al otro. Para retrasar algunos segundos aquella experiencia que me daba tanto miedo, pregunté dónde estaba Alice. Era la que estaba del lado de mi corazón. En consecuencia, Agatha quedaba al lado del apéndice.

Gracias a su apoyo, di un paso, luego dos... y

pronto había dado la vuelta completa al desván, bajo la mirada atenta de lord Cecil, que precedía e iluminaba mi marcha con su lámpara. Aquello no parecía ir demasiado mal. La sangre circulaba de nuevo, mis miembros se desentumecían.

Dije que quería caminar solo, y proseguí mi marcha con precaución, flanqueado por Alice y Agatha, dispuestas a sostenerme si la pierna me hubiese fallado.

Al cabo de un momento oí la voz de Alice:

—¿No nos había dicho usted, querido padre, que John cojeaba un poco?

Preocupado únicamente por ver si podía andar, no me había dado cuenta de que mi cojera había desaparecido. Tenía, sin duda, las piernas un poco torpes, pero mi marcha era visiblemente más equilibrada que antes.

La cosa era tan extraordinaria, que di todavía unos cuantos pasos para asegurarme de ello, saludado por las exclamaciones entusiastas de las mellizas:

—¡Ya no cojea! ¡No cojea nada! ¡Es un milagro!

Vi entonces la alta figura de lord Cecil, radiante de alegría a la vista de aquel espectáculo inesperado y desconcertante, que era para él su mejor recompensa.

Después de madura reflexión, lord Cecil emitió su diagnóstico:

—Yo no veo más que una sola explicación razonable, John. Lo que no impide, más bien todo lo contrario, que demos de rodillas gracias a la Providencia.

»Le he tratado de tal forma, que ahora cojea usted de la pierna derecha. Pero como ya antes cojeaba de la izquierda, pues resulta que ahora cojea de las dos. Y así, no es de extrañar que al ser una cojera igual a la otra, su marcha haya encontrado su equilibrio.

»Ya ve cómo no hizo mal al confiar en mí. ¿Qué asno de médico hubiera obtenido semejante resultado? ¡Qué contento estoy al poderle hacer este regalo antes de que se vaya!»

Me eché a los brazos de lord Cecil y regué su chaleco con mis lágrimas.

Lord Cecil cortó tajante aquella escena de enternecimiento general:

—¡Ya anda! ¡Ya puede sentarse! ¡En marcha, mala tropa!

Me puse el traje casi nuevo de Winston y me despedí de las mellizas con palabras que no puedo describir, porque aún hoy se me hace un nudo en la garganta.

Luego, lord Cecil me hizo salir de Malvenor Castle en medio del mayor misterio. Preparó él mismo su cabriolé y me condujo de noche a la estación, a esperar el tren de Dundee. Me metió personalmente en un compartimento de segunda clase, y no pudo darme más que dos chelines... porque no tenía cambio. Su última palabra fue un gran «¡Gracias!»

Del asiento del cabriolé al asiento del tren, del asiento del tren al asiento del taxi, del asiento del taxi al sillón de lord Fitzbaby en donde terminé mi convalecencia, tuve un viaje de lo más confortable, al nivel de la vida de castillo que se abría ante mí.

MUCHAS VECES me han preguntado por qué en 1953 renuncié a seguir trabajando de fantasma, después de sesenta años de ejercicio de la profesión, para dedicarme a actividades afines: espectáculos «luz y sonido» en viejos castillos encantados; escenificación de fantasmas en el teatro, cine o televisión; literatura fantasmagórica para niños y adultos; grabado de gritos de fantasmas, por lo que obtuve en 1968 el gran premio del disco de la Commonwealth. Y eso, sin hablar de mi escuela de fantasmas shakespearianos de Stratford-upon-Avon, lo que me valió un título nobiliario el año pasado, generosamente concedido por Su Graciosa Majestad...

La razón es muy sencilla: en la noche del 13 de diciembre de 1953 —martes 13 según creo recordar—, en Nueva York, en el hotel Waldorf Astoria, dentro de la bañera de mi habitación, encontré el fantasma de Arthur tocando la gaita.

¡Y desde aquel día le t... ten... tengo... un... m... mi... miedo a la os... osc... oscuridad...!

Indice

EL BARCO DE VAPOR

SERIE NARANJA (a partir de 9 años)